978-7-201-13721-6
U0733883

“外国文学名著名译化境文库”编委会

目 录

一个“中国制造”的“学术徽号”

文/柳鸣九

果麦是京城一家有品位、有实力、有学术追求、有作为意识的文化企业，他们的素质与特点从今天会议的规格与规模即可见全豹之一斑，他们不仅追求保持王牌的销售纪录，而且，也追求企业的学术声誉，力求具有自己的学术理念，为此，他们非常乐于结交学术文化界的朋友，有意识地走专家路线、精英路线，我们译界的一些朋友，特别是法国文学界的这些朋友，十分荣幸地成为他们的合作对象。对此，请允许我代表译界的这些朋友说一句：我们是有感于心的。

不论果麦还是我们，都是一群“搬运工”，一群“摆渡者”。

我们一生的时间，几乎都忙乎在两岸隔洋相望的渡口，迎来送往那些络绎不绝的特殊客人——文化使者。或者是忙乎在文化桥梁的两端，搬运着有巨大分量、深邃意义的文化产品，我们要把一件件内容丰富的货物，从桥的那一端搬运到桥的这一端，这项工作劳动强度大、技艺含量高，经常使我们不堪其重，不堪其累。社会给了我们堂堂正正的称号：一些人为“文化企业家”，一些人为“儒商”，一些人为“翻译家”，我们有责任把有益于本土社会机体与自我精神主体的原汁养液输送给大众，使其心灵获得灵动活跃的滋润剂；我们有责任为本土的民众带来开阔的精神视野，带来世界各异域各社会形态的历史与现实复制品、真实的画卷与图像，种种临摹的细节，以及人类在各个领域中认知世界、创造精神文明与物质文明的种种思想材料。我们的任务与工作是极其严肃极其认真的、是五光十色的，其作用与影响是极其深远而重大的。

翻译乃文化之要务，经国之大业。对此，现今恐怕没人会不同意，这一直是中国历史上严肃的有识之士的共识，值得注意的是，中国翻译事业的开始，恰巧是与中国人上下求索，寻找强国之道、富国之道开始的启蒙时代。有识之士、有志之士不约而同投身于翻译，几乎就是在同一个时期，即风起云涌的上个世纪之初，或者说十九世纪与二十世纪交接的旧民主主义革命时期，严复的《天演论》产生于这个年代，林纾翻译法国名著《茶花女》也正是这个年代，薄薄的一本言情读物看来似乎只是休闲消遣的玩意儿，但它造成了 “洛阳纸贵”的轰动，标志着一个新的时代的开始，来自当时世界上社会形态最先进的大国，第一只燕子飞进了人口占世界四分之一的古国，这个古国苏醒了，开始把眼光投向西方，这不能不说是这个世界上举足轻重的一件大事。

事业的出现，必然要求道路；道路的出现，必然使得事业出现更大的延伸、开拓与发展，严复正是在投身翻译事业之后提出了翻译工作的三大原则：信、达、雅，这是翻译工作者从事这项工作所必须达到的标准、所必须遵守的艺术守则，而世人评论译人译品的时候，必须持信、达、雅三大标尺。总之，信、达、雅三大标尺为中国的翻译事业圈出了第一个宽阔的平台，译人在这个平台上进行译作，文化企业家在这个平台上进行产品的生产；儒商们在这个平台上推销他们的文化产品；读者在这个平台上鉴赏自己的读物；批评家在这个平台上做出自己的评论。总而言之，在翻译事业的各个领域，信、达、雅是最高的原则、是艺术准则、是评论标准、是理想目的地，在它面前所有的人都是信众、都是教徒、都是“粉丝”、都是追随者、都是赞颂者，它的权威力量是这么巨大，以至从它产生整整一个世纪以来，中国的文化人、中国的译者与中国的读者，几乎没有人提出任何异议或他见。

对这个至高无上的原则，敢于发出些许不同声音的，也许只有《鲁迅全集》中的那两个字，这两个字之所以能硬邦邦地硬在那里，原因似乎有二：其一，鲁迅本人太硬，这两个字太硬，不碰为好。其二，在翻译中突出一个“直”字，似乎有特别强调“信”的意味，似乎把“信”与“直”置于至高无上的权威地位上，而“译”的生命线似乎就是“信”与“直”，似乎这两味药就是译道处方中两味大剂量的重头药，人们很容易以为，绝对的“信”在翻译中是绝对的重头成分，甚至强调为唯一成分，也似无不可。我对鲁迅的硬译说、直译说缺乏研究，我只觉得把“译”与“直”捆绑在一起，就像把它们不可分割性赋予双胞胎式的神圣一体性，而且就像两根捆绑铸合在一起的钢柱，坚硬无比，谁也分不开，跟信、达、雅这个天生浑然一体的三结合颇有分庭抗礼之势，这是我曾经感到困惑的一个问题。因为自己较少搞翻译，更没有去研究翻译理论，所以，没有深思下去，不知自己的疑惑到了何种程度，今天毛着胆子提出来就教于同门同道的师长学长。

鲁迅是我们在精神领域、文化思想领域里伟大的先贤先导，他在精神文化各个领域留下了很多的至理名言，一直对我们的工作具有不同程度的指导作用，精神思想领域以及人文社会学科中都是如此，唯独在翻译领域中，很少看到鲁迅有现实指导意义的名言与论述。

我对鲁迅缺少研究，只有在大二期间浅读过一遍《鲁迅全集》的经验，至今能记起鲁迅关于翻译的高论、创见与名言实在甚少，留存记忆的译文篇章也屈指可数，而精彩经典之作，我也记不得有什么了，被人经常引述，倒是他的“硬译”两个字给了译人们深刻的印象，从这里读者所接受的潜移默化则是不在话下。“硬译”，把“硬”与“译”两个字绑在一起，对“译”本身就是一种硬性的规定，一种硬性的法规，指定译的道路，本应就是一种“硬”和“直”，而“译”偏偏是鲁迅先生的地盘，这不正好像教会在教堂里上帝圣像前设置了一跪垫，其指引性是一清二楚的。因此，鲁迅笔下的“硬译”二字，也就成为了一两代译人心里的译道法典，别看它没有带多少译理译法，但它的影响可着实不小呢。硬译的原意、“本意”：不外是要“绝对地符合原文，不论是原文的哪一个语句，都具有神圣不可侵犯权，对每一句原文的全意与局部都不能有任何的偏离，与原文中的语气、语调不能有任何出入，在叙述中，当然不能变动、调整主格与宾格，也不能修改、变动、调整人物的基本态势”。

毋庸讳言，在共和国时期，鲁迅的精神地位与学术地位要比新中国成立前的将近半个世纪崇高得多，几乎被供在一个神坛的地位上，与此相应，在翻译领域方面，鲁迅无言地、沉默地享有着权威的地位，他似乎是一个永恒的标准，是一个绝对的尺度，他对“直译”的精神与态度，影响着一两代人近一个世纪之久，一个世纪是一个相当漫长的时期，一个世纪的影响，可不是一件小事，他留下的痕迹和潜在的看不见的积淀都将是根深蒂固的，在这一个世纪之内，几乎没有翻译家、外国文学学者，对鲁迅的权威地位提出异议，别说是挑战了。我孤陋寡闻，据我所知，只有两个人有这份胆子，他们直言鲁迅的直译说甚不合理，甚至说鲁迅“不懂翻译”，一位是梁实秋，一位是以学贯中西、博通古今、语言尖锐而著称的钱锺书，我们这些在鲁迅面前只是毛头小子的学林后辈，之所以敢来碰碰鲁迅的翻译软肋，其原因一则在于翻译是给本国人看的，其二所译的又是文学作品。因为是译给国人看的，就必须符合国人所习惯的词汇、语句、文法规则、语言规律、修辞学美感，要叫国人读得下去，要叫国人悦读，请注意是“悦读”，是读起来有美感，而不是读起来疙里疙瘩，读起来费力。而译出的因为又是文学艺术作品，那就必须仍然保持着文学作品本胎固有的艺术美，至少在作品的语言上要像行云流水一样的流畅，像云朵飘荡一样的灵动。总之，要符合讲究的、纯正的修辞美学的追求。

译界是一个才智创作领域，译界无战争。译界是一个互相补充、互相切磋的“工地”，宜慎操硬邦邦的木棍或外软中干的橡皮棍，以免妨碍宁静的创意与卓有成果的丰收。

我有一个感觉，在翻译理念上，对“信”的绝对盲从，对原文的绝对符合，必然造成对“雅”、对“达”的忽略与损害，必然造成对“雅”的某种游离与折扣，也就是我们常常所说的语法上的欧化与语调上的翻译腔。看来，要把“信”“达”“雅”三个标准单独化独立化，必然会带来翻译工作中、翻译作品中的某种局限性与病态。

不难看出，在中国的译道上，一直存在着两个概念，两个论述体系，泾渭分明，一个是“信”，一个是“达”，两个概念都有后台。一个是“实”，是原文，一个是“达”，是译文，在古今的译道上，不少的学者、才人都各为其主，贡献了可贵的才情与斐然的文笔，这构成译道上森然对立的面壁。几千年过去了，中国译道仍然被夹在两面对立高墙的中间笔直往前，笔直倒是笔直，但狭窄了一点，拥挤了一点，前景还需要开拓。

人类的概念是可畏的东西，它一产生之后，就有无穷的扩张力和变幻力，有极其巨大的裂变力、爆发力，无限的广括性。原本的“真”一旦成为了偶像，“信”一旦成为了一个大概念，就会变为神圣不可侵犯的事物，与它不能有丝毫游离，如有，难免不成为译者个人不同程度倒霉的缘由，新中国成立初期，北大有位教授高名凯便遭此命运，他译了几十本巴尔扎克的书，倒霉的把直译术、硬译术愚忠似地用到了极致，结果，不仅所译的书都成了废纸，而且受了处分，被撤了教席。于是，在译界，一方面形成了对“信”对直译的“顶礼膜拜”，一方面形成了对“信”对直译的莫名畏惧，在它面前战战兢兢，唯恐有半点闪失、有半点“失态”，生怕被人点出“有一点硬伤”，而“有一点硬伤”，客观上也就成为了一根不轻不重的棍子，而如果挥棍冲刺在概念的泥沼里，把事情挂在某种原则性的高度，不仅有些问题更容易纠缠不清，反倒可以把问题大大地复杂化起来，不仅只伤及别人的一点肌肤而已。

其实，如果还原到实践本身，事实似乎要简单一些：那就是面对着一篇原文的文本，先把它攻读下来，对每一个意思、每一个文句、每一个话语都彻底弄懂，对它浅表的意思与深藏的本意都了解得非常透彻，然后，再以准确、贴切、通顺的词汇，以纯正而讲究的修辞学打造出来的文句表达为本国的语言文字。简而言之，翻译就这么回事，但这里有一个严格的关卡，那就是要看译文的这些修辞意图与审美追求是否符合原文的形态、内涵与意念的表述。过了“信”这一关的“达”，这才是真正有资格的“达”，而这种翻译实践，往往不仅被认为译得“信”，而且被简称为“译得活”。但是“活”，仍然不过是“译得活”或为“不活”，仍然是两件事情，仍然是两个不同的事物，仍然是两篇完全相异的不同文本，还不能说是一回事，不能说是水乳交融的“化”。

不过，把奥妙的译道直通通地这么说来，似乎有点欠雅，毕竟是两个相异的事物，一个是客观存在的本体，有自己的形态，自己的内涵，自己的风格，自己独立性的文本，一个是翻译家理性的理解力、艺术表述的手段与艺术修辞学的改型、修饰，这就有点像当今流行的易容术、美容术、整容术那样容易引起庸俗的联想，幸亏我们中国有自己的国宝钱锺书先生，他早就提出了一个绝妙的意思、绝妙的词，它可以派上今天的学术用场，那就是一个“化”字，钱氏出言，从来都是有本有据，不是来自亚里士多德就是来自康德，这次是来自中国“子”字号的先贤。《荀子·正名》篇有言：“状变而实无别而为异者，谓之化。”——即状虽变，而实不变为异物，则谓之化。

罗新璋先生在对这一系列概念与逻辑做出了转述的基础上又做出了如下的总结，节录了钱先生的说法：作品从一国文字变成另一国文字，既不生硬牵强，又能保存原有风味，就算入于“化境”；这种翻译是原作的投胎转世，躯壳换了一个，精神姿态依然故我。照此说来，好的翻译实践，不是别的，就是进入了奇妙的化境。

中国译道中“化境”说具有坚实的哲学基础，具有广泛的人文学科的研究成果做铺垫；中国译道中“化境”说是中国广泛的传统美学思想的延伸与发展，长期明智理念的结晶；中国译道中的“化境”说是一个完整的文学翻译理论思想体系，是明确有效的翻译守则，是中国文学翻译事业更进一步达到丰富多彩新景观的有效途径。

果麦以自己的文化定力与学术理念，做出了自己的选择，自我完成了这一跳跃。现在，果麦有了自己的译学理念，有了自己的学术徽号、学术标记：钱氏“化境”说，它是典型的“中国制造”，就像钱锺书老穿的那套中山装。

这徽号将使它更具召引力、吸受力、聚集力，给果麦带来更加绚烂的色彩！

“化境”说的理论与实践

文/罗新璋

人类的翻译活动由来已久。可以说语言产生之后，同族或异族间有交际往来，就开始有了翻译。古书云：“尝考三代即讲译学，《周书》有舌人，《周礼》有象胥[译官]”。早在夏商周三代，就已有口译和笔译。千百年来，有交际，就有翻译；有翻译，就有翻译思考。历史上产生诸如支谦、鸠摩罗什、玄奘、不空等大翻译家，也提出过“五失本三不易”“五种不翻”“译事三难”等重要论说。

早期译人在译经时就开始探究翻译之道。三国魏晋时主张“因循本旨，不加文饰”，认为“案本而传”，照原本原原本本翻译，巨细无遗，最为稳当。但原文有原文的表达法，译文有译文的表达法，两种语言，并不完全贴合。

隋达摩笈多（印度僧人，590年来华）译《金刚经》句：“大比丘众。共半十三比丘百。”按梵文计数法，“十三比丘百”，意一千三百比丘，而“半”十三百，谓第十三之一百为半，应减去五十。

故而，唐玄奘将此句，按中文计数，谨译作“大苾刍众千二百五十人俱”。全都“案本”，因两国语言文化有异同，时有不符中文表达之处，须略加变通，以“求信”为上。达译、奘译之不同，乃案本、求信之别也。

严复言："求其信，已大难矣！信达而外，求其尔雅。"（1898）信达雅，成为诸多学人在二十世纪上半叶热衷探讨的课题。梁启超主递进说（1920）："先信然后求达，先达然后求雅。"林语堂持并列说（1933），认为"翻译的标准，第一是忠实标准，第二是通顺标准，第三是美的标准。这翻译的三层标准，与严氏的'译事三难'大体上是正相比符的"。艾思奇则尚主次说（1937）："'信'为最根本的基础，'达'和'雅'的对于'信'，是就像属性对于本质的关系一样。"

朱光潜则把翻译归根到底落实在"信"上（1944）："原文'达'而'雅'，译文不'达'不'雅'，那是不信；如果原文不'达'不'雅'，译文'达'而'雅'，过犹不及，那也是不'信'。""绝对的'信'只是一个理想。""大部分文学作品虽可翻译，译文也只能得原文的近似。"艾思奇着重于"信"，朱光潜唯取一"信"。

即使力主"求信"，根据翻译实际考察下来，只能得原文的"近似"。信从原文，浅表的字面逐译不难，字面背后的思想、感情，心理、习俗，声音、节奏，就不易传递。绝对的"信"简直不可能，只能退而求其次，趋近于"似"。

即以"似"而论，傅雷（1908—1966）提出："翻译应当像临画一样，所求的不在形似而在神似。"

如Voltaire句：J'ai vu trop de choses , je suis devenu philosophe. 此句直译：我见得太多了，我成了哲学家。——成了康德、黑格尔那样的哲学家？显然不是伏尔泰的本意。

傅雷的译事主张，重神似不重形似，神贵于形，译作：我见得太多了，把一切都看得很淡。直译、傅译之不同，乃形似、神似之别也。

这样，翻译从“求信”，深化到“神似”。

事理事理，即事求理。就译事，求译理译道，亦顺理成章。原初的译作，都是照着原本翻，“案本而传”。原本里都是人言（信），他人之言。而他人之言，在原文里通顺，转成译文则未必。故应在人言里取足资取信的部分，唯求其“信”，而百分之百的“信”为不可能，只好退而求“似”。细分之下，“似”又有“形似”“神似”之别。翻译思考，伴随翻译逐步推进，从浅入深，由表及里。翻译会永无止境，翻译思考亦不可限量。

当代的智者，钱锺书先生（1910—1998）在清华求学时代，就开始艺文思考，亦不忘翻译探索。早在1934年就撰有《论不隔》一文。谓“在翻译学里，‘不隔’的正面就是‘达’”。文中“讲艺术化的翻译（translation as an art）”。“好的翻译，我们读了如读原文”，“指跟原文的风度不隔”。“在原作与译文之间，不得障隔着烟雾”，译者“艺术的高下，全看他有无本领来拨云雾而见青天”。

钱先生在写《论不隔》的开头处，“便记起王国维《人间词话》所谓‘不隔’了”。“王氏所谓‘语语都在目前，便是不隔’。”而“不隔”，就是“达”。钱氏此说，仿佛另起一题，总亦归旨于传统译论文论的范畴。

三十年后，钱先生在《林纾的翻译》（1963）里谈林纾及翻译，仍一以贯之，秉持自己的翻译理念，只是更加深入，别出新意。

早年说：“好的翻译，我们读了如读原文。”《林纾的翻译》里则说：“译本对原作应该忠实得以至于读起来不像译本，因为作品在原文里决不会读起来像经过翻译似的。”

早年说，好的翻译“跟原文的风度不隔”。《林纾的翻译》则以“三个距离”申说“不隔”：“一国文字和另一国文字之间必然有距离，译者的理解和文风跟原作品的内容和形式之间也不会没有距离，而且译者的体会和他自己的表达能力之间还时常有距离。”

早年讲，“艺术化的翻译”，《管锥编》称“译艺”。在论及刘勰《文心雕龙》“论说”“谐隐”篇时，谓：齐梁之间，“小说渐以附庸蔚为大国，译艺亦复傍户而自有专门”。意指鸠摩罗什（344—413）时代，译艺已独立门户。

钱先生早年的“不隔”说，到后期发展为“化境”说；“不隔”是一种状态，“化境”则是一种境界。《林纾的翻译》提出：“文学翻译的最高标准是‘化’。把作品从一国文字转变成另一国文字，既能不因语文习惯的差异而露出生硬牵强的痕迹，又能完全保存原有的风味，那就算得入于‘化境’。”钱先生同时指出：“彻底和全部的‘化’是不可实现的理想。”

《荀子·正名》篇言：“状变而实无别而为异者，谓之化。”——即状虽变，而实不别为异，则谓之化。化者，改旧形之名也。钱先生说法试简括为：作品从一国文字变成另一国文字，既不生硬牵强，又能保存原有风味，就算入于“化境”；这种翻译是原作的投胎转世，躯壳换了一个，精神姿致依然故我。

钱先生在《管锥编》（1979）一书中，广涉西方翻译理论，尤其对我国传统译论的考辨中，论及译艺能发前人之所未发。比如东晋道安（314—385）认为“梵语尽倒，而使从秦”，便是“失[原]本”；要求译经“案梵文书，惟有言倒时从顺耳”。按“梵语尽倒”，指梵文语序与汉语不同。梵文动词置宾语后，例如“经唸”，汉语则须言倒从顺，正之为“唸经”。“梵语尽倒”最著名的译例，大家都知道，可能没想到。就是佛经的第一句话，“如是我闻”；按中文语序，应为“我闻如是”，我闻如来佛如是说。早期译经照原文直译，后世约定俗成，这句子沿袭了下来。钱先生据以辩驳归正："故知'本'有非'失'不可者，此'本'不'失'，便不成翻译。"从"改倒"这一具体译例，推衍出普遍性的结论，化"术"为"道"，可谓点铁成金。各种语言各有无法替代的特点，一经翻译，语音、句式、修辞，都失其原有形式，硬要拘守勿失，便只能原地踏步，滞留于出发语言。"不失本，便不成翻译"，是钱先生的一句名言。

又，钱先生读支谦《法句经序》（229），独具慧眼，从信言不美，实宜径达，其辞不雅，点明："严复译《天演论》弁例所标，'译事三难：信、达、雅'，三字皆已见此。"指出："译事之信，当包达、雅。"继而论及三者关系："译文达而不信者有之矣，未有不达而能信者也。""信之必得意忘言，则解人难索。"

试举一例，见《谈艺录》五四一页，拜伦（Byron）致其情妇（Teresa Guiccioli）书，曰：

Everything is the same, but you are not here, and I still am. In separation the one who goes away suffers less than the one who stays behind.

钱译：此间百凡如故，我仍留而君已去耳。行行生别离，去者不如留者神伤之甚也。

此译可谓"得意而忘言"，得原文之意，而罔顾原文语言之形者也：实师其意而造其语。钱先生在《管锥编》一二页里说："到岸舍筏、见月忽指、获鱼兔而弃筌蹄，胥得意忘言之谓也。""到岸舍筏"，典出《筏喻经》；佛有筏喻，言达岸则舍筏。有人"从此岸到彼岸，结筏乘之而度，至岸讫。作此念：此筏益我，不可舍此，当担戴去。于意云何？为筏有何益？比丘曰：无益。"

"信之必得意忘言"，为钱公一重要翻译主张，也是臻于化境之一法。“化境”说或会觉得玄虚不可捉摸，而得意忘言，则易于把握，便于衡量，极具实践意义。

信从原本，必当得意忘言，即以得原文之意为主，而忘其语言形式。《庄子·外物》篇有言：“言者所以在意，得意而忘言。”故“化境”说，本质上不离中华美学精神，甚至可视案本——求信——神似——化境为由低向高、一脉相承的演进轨迹，而“化境”说则构成传统译论发展的逻辑终点。

“外国文学名著名译化境文库”，第一辑拟推出译自法、德、英、俄等语的十种译本，不失为傅雷辈及其之后两代翻译家在探索译道途中所取得的厚实业绩，凸显出中国译林的勃勃生机。这些译作无疑具有一定的示范性，对推动中国文学翻译事业会产生积极作用。

我对“化”的理解

文/高中甫

自1896年严复提出翻译的标准“信达雅”至今已有一百二十余年了，在这期间，特别是在二十世纪三、四十年代，这三个标准引发起多次的争论，至今依然不断有人赞成，也有人置疑，有人提出各种新的翻译标准、新的理论，欲取而代之；然均未能成功。就是在今日，每当人们提出翻译的标准时，还是大都提出：“信达雅”。虽然，由于这三项标准在历史的不断前进，时代的更迭中，今天称之的“信达雅”，都得到新的内涵，新的阐释，特别是“雅”上，都已不完全在严复的意义上了。

一些批判“信达雅”和提出新的翻译标准，新的翻译理论，除个别的极端指责，如认为“信达雅”是提法上的混乱，实践上是有害的，其余大都是标新立异，或对“信达雅”再度阐释，还有诸如直译说，意译说，硬译说，信达切，林语堂的忠实、通顺、美，“自明、信达、透明”说，还有近期出现的什么“等值”说，等等。

在林林总总的翻译理论、翻译标准的争论中，值得关注的是傅雷的“神似”说，他提出的神似，不是那些理论家、文论家、教授、文人的理论阐释，逻辑思考，随意想象，信笔拈来。而是出之自己的翻译实践，出之他的渊博的学识。1951年他在《高老头》新译本的序中写道：“以效果而论，翻译应当像临画一样，所求的不在形似而在神似”，提出“翻译要传神达意”，这种“神似”说，仔细思量，确实是对“信达雅”的一种提升，是对翻译的一种境界上的要求。罗新璋在文章中称这是一种宣言式的。遗憾的是傅雷先生的这一说法并没有引起广泛的关注和理论上的阐发。

事隔近三十年，1979年钱锺书在论述林纾翻译一文中，提出了“文学翻译的最高标准是‘化’”，并对“化”做了这样的解释：“把作品从一国文字转变成另一国文字，既能不因语言习惯而露出生硬牵强的痕迹，又能保存原有的风味，那就算得入于‘化境’”。这与傅雷的“神似”说庶几近之，但有着很大的不同，是“似”与“化”的不同，是“神似”与“入化”的差异。钱锺书提出的“化”，指的是“译本对原作应该忠实得以至于读起来不像译本”。可见“化”是更高一级的标准。什么是“化”呢？钱锺书提出，译本应当忠实得以致于读起来不像译本。这是钱锺书对“化”的一种解释，是对文学翻译的一种判断的尺度，是一种理想的追求。但是我觉得还需要进行一种高度的概括、一种理论上的提升。我想在我们丰富无所不包的典籍中会对“化”有所阐释的。在各种辞书和典籍中对“化”有各种各样的解释，化有多种意义，诸如融解，造化、渐也，顺也，靡也，文也，服也，习也，融也，等等，可在春秋战国荀子的《正名》篇中找到了对化的一段释义的话，它是这样写的：“状变而实无别而为异者，谓之化；有化而无别，谓之一实。”这句话告诉我们，“化”就是形变了，但实际上还是同一的。没有任何改变，就是“化”。用这段话来说明文学翻译，那就是语言文字变了，而内容没有任何改变。我想用荀子的这段文字来说明来概括钱锺书的“化”是最为恰当的了。

写到这里我不妨谈谈歌德如何理解翻译，他在多处谈到翻译，看看能否从中找到与“化”相关的文字，在《西东合集》的附录中他有一篇文章专门论及翻译的文章。在文中有一处写道，翻译有三类：第一类，就是让我们用自己的思想去认识外国；第二类，它把我们置于外国的境地，但却只是让我们去获得外国的思想，和竭力用自己的思想重新表达出来；而第三类，他称为是最高级和最后的阶段，翻译人要使翻译与原文完全一致（Identisch）。达到这样的地步，不是一个顶替另一个，而是应当取代另一个。我认为第三类相当于钱锺书的“化”。歌德要求完全的忠实、一致（Identisch），与钱锺书要求的“译本对原作忠实得以至于读起来不像译本”，这两者是一致，是ldentisch。

钱锺书的“化”是对严复的“信达雅”一种质变式的发展。他另辟蹊径，为文学翻译提出的标准是“化”，这在实践上难以企及，但值得从事文学翻译的人去孜孜以求。

我引用荀子的话和歌德的一段文字，来表达我对钱锺书的“化”的思考和理解。

由于时间上的原因有些地方没有展开，只能谈这些。我的话完了，望不吝指正。

《都兰趣话》的翻译预设

文/施康强

每篇或者每部文学作品，都是由内容和形式构成的一个不可分割的整体。内容构成所谓的思想性，而吸引我们去读文学作品的，主要不是作者企图传达的思想，而是其表现形式，即艺术性。小说作者讲故事，读者期待自己被吸引，获得某种美感，乃至艺术享受。

我们读翻译的诗歌或小说，同样期待，甚至要求产生与原文读者同样的获得感。巴尔扎克的《都兰趣话》（*Les Contes drolatiques*，直译应为《滑稽故事集》），是他作品中的另类，模仿拉伯雷的语言，讲那个时代的故事。他由此创造一个特殊的语境，让法语读者觉得自己好像回到十六世纪了。那么，如果译此书为汉语，理想的目标应该是让我们也似乎感到超脱现代汉语语境，进入某种古意盎然的境界。

于是我需要在汉语小说中寻找一个大体上类似的语言模式。我想到的是明清话本。一是时代相近，二是当代读者在理解上没有隔阂。基调定下来，下面的事情就好做了。用字造句，力求接近那个时代的市井话语。最好的样本是冯梦龙的“三言”：《警世通言》《喻世明言》和《醒世恒言》。

首先考虑书名怎么译。我认为冯梦龙的旨趣在于讲故事，道德说教只是他在儒家思想占据统治地位的时代采用的一种叙事策略，门面话。拉伯雷和巴尔扎克更志不在此。他们玩世不恭，表面看来满篇荒唐话，不妨译作《玩世戏言》。然而，这毕竟是一本外国故事集，不能太本土化了。总得多少带点洋味才行。于是另找出路。我读巴尔扎克此书，感到十分有趣。灵机一动，何不译“滑稽故事”为“趣话”？可是“趣话集”不像一部短篇小说集的书名。想起读过一本清代拟话本小说集《西湖佳话》。由于拉伯雷、巴尔扎克都是都兰省人，都兰又是书中不少故事发生的场所，不妨也冠以地名，译作《都兰趣话》，提醒读者这里讲的是外国故事。确如祖师爷严复所言，“一名之立，旬月踟蹰”。

于是动手开译。此书分十卷，第一、二、三、五卷各有一篇前言和后语。我们的话本集没有这种体例。若直译为现代汉语的“前言”和“后语”，有违古意。苦思不得其解，先撂在一边。某日偶尔起兴，重温《桃花扇》，发现此书四卷，卷一上本第一出名为“先声”，卷四下本最后一出名为“余韵”。当下脑洞大开，何不借用？

每个故事的标题，篇名，亦尽可能做旧。长的篇名不好处理；短的，倒是有下手的余地。凡是讲故事，古人喜欢用“记”字做篇名。于是本书里有《斥夫记》《蓓特悔罪记》《弗朗索瓦一世节欲记》《三香客失言记》《茵佩莉娅夫人从良记》这样的标题。

边译边乐，边乐边译。将近结尾，第五卷有一篇《关于儿子、爱情和母亲的韵文故事》，我索性拟古到底，译成五言古诗。至此，总算功德圆满，造了一个语言上的假古董。

浅说“化境”

文/夏玟

中国的翻译事宜，因民族间的互动，无疑已有上千年历史。特别是近一二百年，因中外文化交流的需要，翻译工作更得以迅猛发展。虽说鲁迅的“硬译”主张曾对文学翻译产生不小影响，但自身难以克服的弱点使它终为国人所弃。自严复的《天演论》发表，学界多以 “信达雅”为翻译文字的核心要求。后傅雷的“神似”说又助其在法国文学的翻译中接连取得重大突破。傅先生在吃透原著精神的基础上，根据汉语习惯进行了一定的再创造，使文学翻译脱离了翻译腔，更易为中国读者所接受。钱锺书先生的看法与严、傅二先生的学说并无对立性根本矛盾，只是对译文的意境、风采有更严格的要求，表现出一种更高的理想追求。特别是对“雅”的理解，似乎出入较大。

国人多以为文字好就是行文优美、典雅；钱先生却要求译文精准再现原著的风格、气质、艺术表达方式。当俗则“俗” ，当粗野则 “粗野” 。这就是他在翻译学上的“不隔”观。钱先生认为：“好的翻译，我们读了如读原文”…… “不隔”并不是深沉的事物写得浅显易解。而是原来浅显的写得依旧浅显，原来深沉的依旧写得让读者看出它的深沉，甚至原来糊涂的也能写得让读者看清它的糊涂……[1]也就

1. 钱锺书：《论不隔》，见《钱锺书散文》，第496—500页。

是说，钱先生要求译者在从事文字转化工作时，能更忠实地再现原著的意境、风采、情趣。著名的“化境”说便由此产生。钱先生说，文学翻译的最高理想可以说是“化”。把作品从一国文字转变成另一国文字，既能不因语文习惯的差异而露出生硬牵强的痕迹，又能完全保存原作的风味，那就算得入“化境”了。[1]某些年轻友人可能感到“化境”一词费解，按我的领悟，此说法至少有两重含义：一是意蕴、意境；二是风采、格调。前者指思想意识和思维方式的融合；后者则偏重指表达方式、艺术特色。

达到钱老所说的“化境”当然不易。若不下功夫研读原著，深透理解原作者的写作意图、思想底蕴和艺术风格（尤其是《文集》《全集》的译校工作），如何能编出反映其著作全貌及核心思想的集子，找出与之相应的中文文体、文风，写出既确切又为国人乐于接受的优质译文。

以拉伯雷的《巨人传》为例，这本是法国文艺复兴时期全面宣讲人文主义的巨著，但为吸引和教化广大市民阶层，一位高端学者竟写出一部充满笑料的世俗小说。作者在前言中写道：“读了我杜撰的这些令人捧腹的标题……如不深入了解，通常是会被当作玩笑和开心话看待的。”其实“本书内容所论，并不像封面标题所示，一味胡说八道……必须在乍一听仿佛寻开心的话里，进一步探索其更高深的意义”。他奉劝读者：“把我这脂厚味深的好书加以仔细咀嚼、赏玩、钻研，然后，通过反复诵读，再三思索，嚼开它的骨头，吮吸里面富有营养的精髓……”这段话确实不是作者故弄玄虚。此书乍看虽然荒诞不经，其实内涵极为丰富，涉及当时宗教、法律、政治、经济、教育、自然科学等各个领域的问题，通俗生动而全面地表现了人文主义

1. 钱锺书：《林纾的翻译》，见《钱锺书散文选》，第269页。

者的革新思想，可以说是文艺复兴时期法国人文主义思潮的百科全书。

翻译就是翻译，既非改写，更不能编撰，因而译者对自己的首位要求是对原著和原作者负责，丝毫不能篡改原著的内涵和格调。接着还要将此内涵化为国人能够理解且喜闻乐见的优秀汉语。所以从事文学翻译不仅需要相当扎实的外语基础，更需深厚的中文功底和知识积累。

傅雷先生在文学翻译上的成就，和他的中文功底和丰厚的知识积累密不可分。他不仅对不同行业、不同性格人物的个性化语言把握得相当到位，对不同性质的文体，诸如法庭公诉书、商业广告、契约等，也都能采用中国的同类文体与之对应。

鲍文蔚先生的《巨人传》译文亦非同一般，虽内容深刻丰富，却译得生动通俗、幽默俏皮。足可看出对原著意境感受之深。遗憾的是，鲍译仅出版了前两卷。第三卷虽已译完，却被红卫兵查抄焚毁。尽管如此，考虑到前两卷已囊括人文主义主要精神，人民文学出版社出版《巨人传》时，仍选用了鲍译本。

钱先生很明白，不能要求所有的翻译作品都达到“化境”的理想境界，但应提倡努力朝这个方向攀登。虽至今无人宣称已接近甚至到达顶峰，但据我所知，数十年来作此努力者不少，且并非毫无成效。

以《巴尔扎克全集》的译介工作为例，所有参与者的共同感受是：翻译巴尔扎克的作品，比译一般作家的作品，至少要多花五倍气力。这个怪人渊博的知识、广阔的视野、过分充溢的思想，对我们自身学养构成了严酷的挑战。这个有无穷欲望的梦幻家，执着的“绝对”之探求者，有时竟令人怀疑他是不是那个和魔鬼签约的浮士德。他似乎对一切都要穷其究竟：从最概括、最抽象的哲学，最错综复杂的政治历史事件，到最琐碎、最具体的夫妻纠纷。社会生活的方方面面，人文科学、自然科学的各个领域他都涉猎到了，谁也无法想象一个人的大脑何以能承担这样巨量的思考。他把整个社会纳入小说的框架，让各行各业、各阶层人物都在《人间喜剧》的舞台上演出自己的剧目。他熟练地运用各行各业的行话、术语，准确无误地使用各门学科的专业词汇，内行地谈论技术上的细节…… 我们深深感到，要吃透原著， 仅仅懂法文是远远不够的，还得有深厚广泛的知识积累，至少应谙熟欧洲的历史文化和风土人情。于是我们随着这位巨人在宇宙遨游，急急忙忙填补某些知识上的缺失。哲理小说《塞拉菲塔》中，有大量篇幅谈到斯威登堡的通灵论，《逐客还乡》中，谈到神学和但丁所卷入的中世纪教派间的斗争，《卡特琳娜·德·梅迪契》揭示了法国三十年宗教战争的背景和原因，为此我们不得不探究平日不甚了了的神学、玄学，弄清基督教教派斗争与当时权力斗争的关系；《绝对之探求》中，描写了化学家巴尔塔扎尔·克罗埃对大自然本原的探索与追求，《驴皮记》中谈到医学界的学派之争，《〈人间喜剧〉前言》谈到博物学界居维埃和圣伊莱尔的论战，于是我们不得不重新复习已经生疏的自然科学概念，或向有关学科的专家们求教……

问题在于仅仅读懂他的作品还不够，还必须以清晰畅达的语言表达出来。在这方面，傅雷先生的探索给我们提供了宝贵的经验。北京大学教授张冠尧先生翻译《塞拉菲塔》《逐客还乡》时，借鉴了《佛经》和《圣经》的翻译，恰当地运用了“元神”“ 法力”“圣言”等概念，居然把一些天书般晦涩的文字，翻译得具有可读性且令人兴味盎然，且将书中空灵、虚幻的风格表达得恰到好处。又如《烟花女荣辱记》中，描写了我们所不熟悉的犯罪团伙和苦役犯的生活，里面黑话连篇。为了寻求相应的文体来表现这类场景，北京语言文化大学袁树仁教授从黑色文学和推理小说中寻求借鉴。她发现书中的黑道人物把警察称作“雷子”，正好与巴尔扎克笔下苦役犯对警察的称呼有异曲同工之妙，立刻在译文中使用了这个词汇，再请看袁教授译文中的小标题：“烟花女子动真情”“老叟情爱价几何”“蹉跎路通向何方”……若不看内容，谁能想到是翻译过来的文字呢？还有巴尔扎克那部独具特色的谐趣故事集——《都兰趣话》，这是作家模仿拉伯雷的风格，用十六世纪的古法语写作的，轻松俏皮，颇有些痞气。那么中译本如何既表现出一点古意，又表现出一点痞气呢？于是我们请中央编译局才华出众的译审施康强先生模仿明清话本的文体来翻译，果然效果绝佳。

如果说深刻理解并明白晓畅地翻译巴尔扎克的作品需要付出艰苦的劳动，那么要想表现出这位大师笔下的意境和神韵，那就更不容易了。巴尔扎克从来是两个截然不同的人物的矛盾统一体，在他身上既存在一个头脑清晰、思想深邃的观察家，又存在一个激情满怀、想象力无比丰富，有时还难免异想天开的梦幻家。前者使他的作品达到无与伦比的深度；后者使他的作品具有绚丽多彩的面貌和强烈的艺术感染力。这种充满睿智的观察和激情无限的丰富想象的奇妙结合，构成了巴尔扎克现实主义艺术“独一无二”的魅力。译者们努力用精辟的语言表现他的睿智，用热情的文笔显示他的激情。巴尔扎克善于把思想家的严肃缜密和艺术家的轻松俏皮结合在一起，译者们便细心体会巴尔扎克字里行间那种幽默俏皮、揶揄嘲讽的口吻和叙事方式中所蕴含的喜剧因素，努力使译文贴近原文的神韵。

有人以为巴尔扎克只醉心于刻画丑恶，其实不然。他同时也是一位优秀的写景高手，极善于发掘和表现大自然的诗意，出色地营造情景交融的氛围。为了译出这样的氛围，张冠尧教授曾独自在加拿大的冰天雪地中体验《塞拉菲塔》中挪威冰山那种壮丽肃穆而又超凡脱俗的美；袁树仁教授曾在法国南部海岸用心领略《朗热公爵夫人》中地中海岛屿独具魅力的自然风光；罗芃教授曾借助想象去感受《沙漠里的爱情》中空旷、孤寂却又蕴藏着生命力的沙漠独特景色；社科院资深研究员资中筠女士曾以优美的文笔再现作者在《公务员》中对拉布丹夫人家园的赞颂："……湖面如镜，有小岛宛在水中央，妩媚多姿而不失其质朴；妆点整齐而不掩其天然。虽有丛丛绿树作伴，参差掩映，却仍不免孤寂之感。环湖四岸，既经垦殖而又野趣盎然……"

显然，翻译家们在攀登中从不吝惜自己的努力，但无人声称已达何等境界。人言"学无止境"，文学翻译何尝不是如此。

外语、异质与新生命的萌发

文/许钧

文学作品的翻译，最主要的任务就是进入这部作品的深处，把握其独特性，并将其在新的文化语境中表现出来。这一传译的过程，贝尔曼称其为“异的考验”。除了我们在翻译研究中常说的思维之异、语言之异、文化之异之外，我认为在文学翻译中应引起我们同样关注的，是一个作家在作品中所寻求、所表现的独特性。在《文学翻译再创造的度》一文中，我曾谈道，“一部文学作品个性愈鲜明，其文学价值便愈高，而文学价值愈高，传达的局限性就愈大，也愈需要译者的创造。”从翻译的角度看，具有强烈个性和独特性的文学作品具有译介的必要性，它呼唤翻译，但同时又抵抗翻译，其中所表现的张力构成了翻译所必须面对的问题：如何对待文学作品的“异质性”。

文学作品的异质性，如上文所述，与书写这部作品的作者的个性紧密相连，同时，凡融入这部作品中的一切“异”的因子都会构成不同层面的“异质”，其有异于译入语语言与文化、社会与政治的特性，便是“异质性”。对待异质性的态度，是翻译界所必须关注与警惕的。

普鲁斯特和乔伊斯是西方二十世纪最伟大的作家，前者的《追忆似水年华》与后者的《尤利西斯》是公认的天书，阅读难、阐释空间大，作品独特的个性具有强大的抗译性。就《追忆似水年华》而言，我们发现作者的独特性首先表现在其对语言陌生性的追求中，这种语言的陌生性构成了所谓的“外语性”，也就是我们所说的“异质性”。塔迪埃认为普鲁斯特作品的“独特和基本”的特点是我们进入其作品的出发点。“从形式出发，这就是说将一本好书首先视作‘一门外国语’”。在他看来，“必须首先进入严密的普鲁斯特词汇之中，然后才谈得上将我们的语言加之于作者。”暂不论构成一部小说写作技巧特点的其他重要因素，如“叙述的时空结构及其隐遁，人物的位置及其相互关系”“叙述的节奏及叙述在梦想中的破裂、侵蚀这一切的形象创造，抽象性与诗意的斗争”，我们首先来看看作品的语言层面所构成的“外语”到底意味着什么。

《追忆似水年华》无疑是塔迪埃所说的“好书”，而这部好书被视作“一门外国语”。就此，法国著名哲学家德勒兹在《批评与临床》一书中就普鲁斯特的语言创造进行了深刻的揭示：“正如普鲁斯特所言，它恰恰在语言中勾勒出一种陌生的语言，这并非另一种语言，也不是重新发现的方言，而是语言的生成-他者（devenir-autre），是这种主要语言的缩小，是占优势的谵妄，是逃离支配体系的魔线。……句法创造、风格，这就是语言的生成：不存在词语的创造，也没有在句法效果之外具有价值的新词，这些新词正是在句法效果中得以发展。因此，当文学对母语进行分解或破坏，但同时也通过句法的创造在语言中构建一种新的语言时，它已经呈现出两个方面。”“捍卫语言的唯一方式就是攻击它……每个作家必须创造属于他的语言……”文学作品是在语言的领地里成长的，作品的独特性在很大程度上有赖于作品的语言创造。在德勒兹看来，一个好作家想要创造出独具个性的好作品，必须在写作的过程中，让语言“生成-他者”，不断地从语言约定俗成的支配体系的“魔线”中挣脱出来，以近乎“谵妄”的个性化，在句法的创造中，冲破既定的思维牢笼，在母语中开掘通往“他者”的可能性。在作者如此的努力追求中，于是就出现了第三方面的情形：“每当一种陌生的语言在主要语言本身之中开掘时，所有言语活动轮流摆动，被带入极限，带入由不再属于任何一种语言的所见、所闻构成的外部或反面。这些看法并不是幻想，而是作家在言语活动的缝隙和间隔里看见和听见的真实理念”，作为观察者、倾听者，也同时作为创造者的作家，其“文学的目标在于：生命在构成理念的言语活动中的旅程”。语言牢笼的突破、经由言语活动的“生成-他者”之路，通往的是言语创造中所看见的和听见的真实理念，抵达的是生命的极限。文学创造，是生命的旅行，其“生成-他者”之旅打开的是思想的空间，是生命的空间，是永远不中止的向未知的探寻。这一由异语创造通往生成他者的历险，是每一个伟大作家毕生的追求。

鲁迅是深谙其中奥秘的伟大作家和翻译家。就他的翻译理念而言，他对外国文学作品“异质性”的重视和传达这一“异质性”的近于疯狂的坚持，突出地表现在他对“硬译”的呼唤和这一原则在具体翻译实践中的绝对实行。他明确表示支持“硬译”，反对“乱译”，对“受了很好教育”的甲类读者，他说：“无论什么，我是至今主张‘宁信而不顺’的。”鲁迅在《“题未定”草》一文中坦陈，在动笔翻译《死魂灵》之前，“就先得解决一个问题：竭力使它归化，还是尽量保存洋气呢？日本文的译者上田进君，是主张用前一法的。他以为讽刺作品的翻译，第一当求其易懂，愈易懂，效力也愈广大。所以他的译文，有时就化一句为数句，很近于解释。我的意见却两样的。只求易懂，不如创作，或者改作，将事改为中国事，人也化为中国人。如果还是翻译，那么，首先的目的，就在博览外国的作品，不但移情，也要益智，至少是知道何时何地，有这等事，和旅行外国，是很相像的：它必须有异国情调，就是所谓洋气。其实世界上也不会有完全归化的译文，倘有，就是貌合神离，从严辨别起来，它算不得翻译。凡是翻译，必须兼顾着两面，一当然力求其易解，一则保存着原作的风姿。”翻译的目的，对鲁迅来说，无外乎“改造国人的思维”和“改造汉语”这两点，在此目标下，鲁迅对翻译必要性的认同是一贯的，对“保存洋气”的追求也是一贯的。竭力归化的翻译，他不认可，那种翻译，无异于或者说不如创作或者改作，就是当下有的学者奉为有效力、有传播效果的“连译带改”的翻译模式。他主张的翻译，要移情也要益智，“必须有异国情调，就是所谓洋气”，这种异国情调或者洋气，在根本上说就是当下学界所言的“异质性”。抹平了“异质性”的翻译，是鲁迅所力拒的。更值得注意的一点，围绕着“洋气”或者“不顺”的争论，是一个句子“山背后太阳落下去了”。鲁迅态度坚定，“虽然不顺，也决不改作‘日落山阴’，因为原意以山为主，改了就变成太阳为主了。”这是个句法的问题，句法连着思维，连着德勒兹所说的“看见的”或“听见的”真实的理念，是思维的抵达处。对这种句法的硬译，鲁迅看重的是有异于汉语中“日落山阴”这一通顺、约定俗成的表达带来的“陌生性”，虽不太顺，却有可能带来新的表达、新的思维。

鲁迅对于“洋气”的重视，与歌德对于异民族文学的关注，具有根本意义上的一致性。歌德高度赞扬瑞士德语作家约翰·保尔·黑贝尔用“南部德国方言”写成的《阿勒曼方言诗歌》，指出：“将外国作品翻译成为自己民族的语言，这是自己民族走向文明的重要一步，同样，如果让同一民族不同地区的人能用自己的方言阅读该民族的作品，那必然也是这一民族的各个地区走向文明的一步。”文学作品的译介是关乎一个民族一个地区的人们“走向文明”的重要步骤。在他看来，“真正具有绝对独创性的民族是极为稀少的，尤其是现代民族，更是绝无仅有，如果想到这一点，那么德国人根据自己的情况从外部吸收营养，特别是吸收外国人的诗的意蕴和形式，就用不着感到羞耻。”译介外国文学，肯定异民族的功绩，吸收外来的财富，尤其是“意蕴和形式”，这构成了浪漫主义时代德国的翻译主潮，贝尔曼在其专著《异的考验——德国浪漫主义时代的文化与翻译》一书中，以“异”为讨论中心，一方面说明了“异”的重要，另一方面也说明了“异”对于目的语与目的语文化而言，无论是态度、方法，还是语言与精神层面，都是一种考验。这种考验，对我们的时代而言，依然存在。当英语在全球化的进程中成为一种强势的语言，当美国凭借经济实力不断进行文化扩张，乃至谋求某种霸权的时候，我们可以或者我们应该清醒地看到，对其他民族文化的态度会直接反映在这个国家对译介他国文学或文化的态度上，反映在其译介的目的和方法上。歌德一方面呼吁尊重并认识异民族的功绩，译介他民族和他国的文学与文化，一方面鼓励各民族竞相奉献自己的文学与文化的精华，在全世界的精神市场上进行交换与交流。这种交流在全球化进程不断加快的今天，显得格外珍贵。通过翻译，交流各民族具有独特性的文学与文化，是文化多样性得以维护的保证，也是在吸取“异”之精华的过程中不断丰富自身的必经之路。

然而，我们不无遗憾地看到，有的国家，比如美国这样的现代国家，在强势推广自己文化、输出价值观的同时，很少关注他民族的文学或文化成果，译介少得可怜，即使有一点译介，其方式又往往因强调“接受性”而对译介之本的“异质性”加以改造，甚或抹平。对于急着走向世界的中国文学与中国文化而言，又往往冒着牺牲自身特质的危险，不惜被人改装易容，貌不合、神愈离地在他国无根地流浪。更为值得警惕的是，我们的翻译理论界把因接受国的文化之隔、心理之隔、心态之隔而采取的一些着眼于当下的变通之策，当作译介的普遍规律或永恒的价值标准去推广。就文学而言，在我看来，文学，是对生命的生成。写作与生成的考量，指向了文学的生命之所在，人往往在寻找语言极限的历险中拓展生命的疆界。对诗人和小说家而言，语言所能抵达的地方，就是其生命的极限，这种极限是未知的、未定的，对生命的追求不止，语言的历险便不止。诗歌创作中，对规范语言的偏离是常态，对既定思维规范的突破是“生成-他者”所不可少的，一如歌德所言，“语言才是真正能开花结果的东西”。文学的生命是靠语言的活动、言语的创造所开创的，歌德就这样评价莎士比亚：“莎士比亚是通过有生命力的词句发生影响的。”普鲁斯特也是通过独特的语言历险赋予其笔下人物“一个个人的世界，也通过语言，借助多样化的解释技巧，寻找人物的性格”。翻译普鲁斯特，不能不在语言的深处去把握普鲁斯特语言的独特性，任何无意识的忽视或有意识的改变甚或抹去，都是与文学的创造性相背离的，都是对原作生命的扼杀。以易懂、接受为名的任何“改”或“编”，都走向了“异”的反面。以此反观时下某些学者的一些翻译观点，除了对文化挪用的鼓噪之外，我们听到的那些声音都与文学性、与文学生命格格不入。

记得十多年前，著名的出版人、“布老虎丛书”的策划者安波舜先生来宁，想要策划一套当代的“外国文学布老虎丛书”。“布老虎”这几个字吸引着我，其中散发的土味土气具有强大的生命气息。在今天看来，任何能具有某种独特性、某种异质性的文学作品，都应该像布老虎这样具有恒久的生命力，具有不绝的生命气息。我想到了法国当代女作家杜拉斯，提出组织一套《杜拉斯文集》，以追求独特性为目标，忠实地翻译杜拉斯，将之打造成为一套具有影响力的外国“布老虎丛书”。之所以选择杜拉斯，是因为杜拉斯是一位追求生命极限的作家，其写作与生命融为一体。于她而言，对生命的不妥协，就是在语言上对任何假话、套话、任何系统的规范性的不妥协，要让自己的生命之花开在语言的极限之旅中。在杜拉斯的生命中，爱是绝对的追求，她追求独一无二的爱，尽管爱情往往是令人绝望的、破碎的。对生命的这一认识体现在杜拉斯作品的语言特质中。在《法汉翻译教程》的第二章，我曾以《劳儿的劫持》一书中的一句话作为例子，就其独特性与译介的可能性展开探讨。原文的句子是这样的：

Puis, elle se plaignit, plus explicitement, d'éprouver une fatigue insupportable à attendre de la sorte. Elle s'ennuyait, à crier. (Marguerite Duras : Le ravissement de Lol.V.Stein, Gallimard, 1964, p.23)

这是一个典型的杜拉斯的句子。从句法特征看，两个句子虽不长，但标点多，句子像是被割裂了，与法语中常见的句子不太一样，有一定的“怪异”之相。若从语言一般使用的角度看，按照常见的法语句法与语法规范，句子中的逗号若取消，也完全正确。但是，杜拉斯呈现给我们的这两个句子，因其破碎、被割裂，恰恰表达了她对生命的理解，有着多方面的价值。北京大学的王东亮教授是《劳儿的劫持》的译者，他是中国作家协会鲁迅文学翻译奖的获得者。对他的翻译，我特别欣赏。不仅仅因为我认同他的译文的传神与到位，也因为我认同他对翻译的态度和对翻译的理解。王东亮敏锐地指出：“一个完整的句子，表达着简单的事实，被拆散，被打破，被割裂，碎尸一般；而承载着某种不定的情境、状态或认识的一个火车一样的长句终于走到尽头时却遭遇到猝不及防的质疑和否定——在这同生命本身一样破碎、一样隐晦的语言面前，翻译又是什么呢？准确与忠实当然是最好的意愿。而对于在汉语中很少被如此严格对待的生命体验，怎能指望方块字早已准备好的一些现成的表达方式呢？在译文中寻找文雅与优美肯定是徒劳的，因为一些接近此类标准的如‘中规中矩’、‘天方夜谭’似的四字成语，在如此极端的经验与语言面前，早已是离题万里了。”

不难理解，杜拉斯“被拆散、被打破、被割裂”的句子旨在表达一种生命的体验、生命的状态，或者可以说，就是生命本身。杜拉斯对常用的法语句法规范的偏离有着明确的表达需要和生命指向，明显的风格标志、对生命指向的价值追求，这显然不能因其“异”，因其“难”而被忽略或抹平，或“化”为流畅通达的译文。在王东亮教授看来，面对杜拉斯通过独特的句法所表达的生命体验，若以汉语现成的规范、用一些现成的四字成语或四平八稳的句式加以传译，那无疑与杜拉斯的旨意是背道而驰的。正是基于这一深刻的认识，王东亮先生在翻译《劳儿的劫持》时，充分利用汉语所提供的表达手段以及汉语规范所能赋予译者的创造空间，试图通过对汉语常规句法一定程度的偏离，去传达原作像“碎尸”一样的句法所蕴涵的价值，他这样翻译道：

“然后，她开始抱怨，更明确的抱怨，她抱怨自己对这样的等待感到难以忍受的疲惫。她感到厌倦，厌倦叫喊。”

翻译家王东亮的努力是可贵的，其可贵在于对原作及其生命的尊重与理解，对原作独特追求与价值的参悟，并从传达生命、让原作生命再现的高度去克服汉语规范的束缚，让原作的“异质性”之花开放。我们尽有理由相信，王东亮先生的这一努力不是完美的，还有前行历险的空间。但这一例子，充分说明了对于一个翻译家而言，对异质生命的尊重不是寻求“通顺”“易懂”的译者所能完全理解的。

杜拉斯以其对作品独特性的追求与成就，如今已经跻身于伽利玛出版社的“七星书库”。从杜拉斯的汉语传译，我不禁又想到中国当代作家在异域的生命历程，他们的命运如何？就我并不深刻的了解，当代中国作家的创作越来越具有独特性，挣脱意识形态束缚的创作有了越来越强烈的个体生命的气息。莫言获诺贝尔文学奖是个有力的证明。近年来，中国文坛往往有令人惊喜的收获，余华的《兄弟》、毕飞宇的《推拿》、苏童的《黄雀记》，还有韩少功先生的一些创作等，在我看来，都是可以跻身文学殿堂的优秀作品。这样一些具有强烈个性的创作，带着中国文化与思想基因和个人对生命独特的体验与表达的方方面面，在西方的语境中，是否应该得到应有的理解与尊重，其表现的“异质性”，是否能在异的考验中开放出新生命之花，是值得我们译学界认真思考、慎重对待的。

译词，译句，译段，还是译篇？

文/郭宏安

什么是文学翻译？翻译理论家、翻译家和翻译爱好者给出了多少有些不同的回答，有人还将他们分成若干派。我是一个翻译爱好者，信奉钱锺书先生在《林纾的翻译》中说的话：“文学翻译的最高理想是‘化’，把作品从一国文字转变为另一国文字，既能不因语文习惯的差异显露出生硬牵强的痕迹，又能完全保存原有的风味，那就算得入于‘化境’。”信奉这句话的人有多少？不知道，但是肯定不是所有与翻译有关的人。我还相信钱锺书先生在同一篇文章中说的话：“彻底和全部的‘化’是不可实现的理想……一国文字和另一国文字之间必然有距离，译者的理解和文风与原作品的内容和形式之间也不会没有距离，而且译者的体会和他自己的表达能力之间还时常有距离。从一种文字出发，积寸累尺地度越距离，安稳地到达另一种文字里，是很艰辛的历程。一路上颠顿风尘，遭遇风险，不免有所遗失或受些损伤。因此，译文总有失真或走样的地方，在意义或口吻上违背或不尽贴合原文。”这句话说得在情在理。钱锺书先生本人很少从事翻译工作，但他的话既有崇高的理想追求，又有脚踏实地的现实考虑。我认为，钱锺书先生道出了文学翻译的真谛，是严复的“译事三难——信、达、雅”的新阐释：信是基石，达是建筑，雅是灵魂。

钱锺书先生的看法是严复的“译事三难”说的新发展，是在表述上更加具体化，并且在内容上有所深化。按刘靖之先生的说法，钱锺书的“化”“是‘信达雅’的种子经过八十年来的孕育而开出来的花朵”。关于信，严复说：“求其信，已大难矣！”钱锺书说：“从一国文字转换为另一国文字”“是很艰辛的历程”。关于达，严复说：“信而不达，虽译犹不译也。”钱锺书说：“不因语言习惯的差异显露出生硬牵强的痕迹。”关于雅，严复说：“信达而外，求其尔雅。既不仅求其行远已耳……”钱锺书说：“完全保持原有的风味。”钱锺书先生说过，“雅非为饰达”，“非润色加藻”，以“风味”解“雅”，实为一大创造。翻译界有些人或认为“雅”不必要，弃之可也，或认为“雅”字就是美化，视翻译为“美化之艺术”。钱锺书先生以一个“非”字探得了“雅”字的真实含义。又用“风味”二字锁定了“雅”字在译文中的崇高地位。我理解，所谓“风味”即风格。由此我认为，“雅”就是风格，就是文学性，传达原作的风格是文学翻译的最高境界。由此看来，“雅”字在文学翻译中断不可少。对一个旧的概念给予新的解释，令其获得新的生命，才是推陈出新的有效途径，所以，并非所有新颖的说法都显示了认识的深入和观念的进步。

文学翻译的理想是“化”，那么文学翻译的标准是什么？理想和标准是一回事吗？显然不是。理想是和奋斗目标相联系的、有实现可能的想象，而标准是衡量事物的准则，是现实的存在，两者的区别显而易见。钱锺书先生对理想和标准的区别当然是清楚的，可是，1964年《林纾的翻译》首次发表的时候，“最高理想”是写作的“最高标准”，到了1979年，过了十五年，《林纾的翻译》收在《旧文四篇》中，“最高标准”才改作“最高理想”。我猜想，这一改动绝不是信手随意的，他一定是想到了这两个词的区别，而这种区别是致命的，决不能笼而统之，不分彼此。“译事三难：信、达、雅”，当合而析之，不应分而观之。这“三难”可以看作翻译的标准，而“化”则是从标准中发展出来，由现实而想象，成为文学翻译的理想。理想的实现是不容易的，按钱锺书先生的说法，“彻底的、全部的‘化’是不可实现的理想。”所以，我们很少见到臻于化境的译本，但是追求“化境”的译本还是不少的。这样的译本，多半是杨绛先生所说的“一句挨一句翻”的译本。如果翻译有技巧的话，最根本的就是“一句挨一句翻”，很平实，不花哨，真正做到却不容易。

虽不能至，心向往之，实现文学翻译的最高理想，需要一步一个脚印地努力，而这种努力就是杨绛先生在《翻译的技巧》中说的：“翻译得把原文的句子作为单位，一句挨一句翻。”译词（字）？译句？译段？还是译篇？各路译者，见解不同，争论频起。译词（字）有人称作“逐字译”，我以为早就销声匿迹了，可是上个世纪八十年代还有人郑重地谈起，不过现在的确是越来越少有人主张译词（字）了，可以略去不谈。易起争论的是译句、译段还是译篇，段和篇是部分和整体的区别，从翻译的角度看，区别不大，可以视为一体。那么，需要明确的就是，翻译应该以句为单位还是以段为单位。翻译以句子为单位，前人曾经说过，但是怎样断句，怎样组合，却鲜有人给予明确的解说。义足为句，中外皆然，唯长短有别，词序不同。翻译要以句子为单位，不能对意义有所增添，有所遗漏，有所夸大或缩小，原文说什么，译文就说什么，原文怎么说，译文就怎么说，这样就能够步步相随，亦步亦趋，意义紧贴着原文顺序而出。句子译好了，段落及篇章自然就好了。否则，句子有所偏离，段落及篇章只能偏离越来越大，最后面目全非，正所谓差之毫厘，积寸累尺，就会谬之千里。至于如何断句及重组，杨绛先生都有详细的论述，这里就不赘述了。

“选择最适当的字”，是断句重组、连缀成章的关键，因为没有适当的字（词），就不能把原文的意思“如原作那样表达出来”。译者必须贮有大量词汇：通俗的，典雅的，说理的，叙述的，形容的，供其驱遣和调度。用词之巧妙或笨拙，最易引起争论。文章的意思，语句的色彩，虚含的意蕴，甚至感情，大半靠用词。有人以为，无论何时何地，用上最响、最亮、最华丽的词，就是最好的翻译，就是文学翻译，这样的译作就成了翻译文学。有的译者深恐自己的中文不行，就请中文高手润色他的译文，其结果多半不妙：译文可能有了“文采”，却离原文远了。这样的译文不是好的译文。其实，文学语言的好坏只有一个标准，那就是“恰当”。该俗的俗，该雅的雅，唯“恰当”是求。严复的“三难”，可以“恰当”解雅，而“恰当”就是文学性。雕缋满眼，铿锵悦耳，并不等于文采斐然。适度的华丽，可以是文采，适度的朴素，也可以是文采，文采之有无，全靠语言之运用，而运用之妙，在于运用词语之恰当，就是说，有文学性，就有文采，没有文学性，就没有文采。确立了文学性，“雅”就在其中了。

按照翻译论家的观点，翻译的问题很多很大，按照翻译爱好者的观点，翻译的问题很单纯，就是一项实践活动，就是一句挨一句翻，朝着“化境”跋涉攀登，至于达到或达不到，则不是译者考虑的事情。

“化境”，永远的魅力

文/方华文

外语界不知什么时候兴起了“文学翻译”的热潮，而且一浪高过一浪。大家激情满怀，捋袖揎拳，各个施展才能，恨不能把胸中的锦绣都铺展到译文里。无可否认，译文“文采飞扬”的居多，但“忠实于原文”者则少——一些译者全然忘记了笔下产出的是译文，竟当作创作文章“任意挥洒”一通。于是乎，“翻译”和“创作”之概念变得模糊朦胧，什么“拜伦”啦、“莎士比亚”啦，都成了中国娘胎里出来的产儿(此处绝无意棒喝“归化”，只是觉得“归化”过了头就等于“歪曲”)。还有些人倒是注意保留外国文的“情调”，但一味儿生硬，译出的中文不伦不类，和你我嘴里说的、书里看的中文好像不是一个祖宗，简直是“非驴非马的骡子文”（瞿秋白语），把读者都“生硬”跑啦。“左右为难啊！”余光中老先生不就是在译坛挣扎得久了，身心疲惫，才发出了这么一声长叹。“归化”和“异化”是行之有效的翻译方略，但如果出了格，就成了病症。幸好钱锺书曾经为这两种病开了一剂良方——“化境”。

“化境”的提出为翻译工作者确定了努力的方向，它不仅要求译者“移形”，还要“移意”和“移味”，也就是说应该做到“形神兼备”，让原作“投胎转世”，从“译出语”彻底融入“译入语”。其中最难的恐怕要算“移味”，也就是用译文反映原作者的审美情趣、艺术风格以及人生观等重大却又微妙的因素。一些译者顾了所谓的“传神”（其实是借“传神”之名，行“滥译”之事），就忘了“移形”，正如瞿秋白当年批评不负责任的译者那样：“……是和城隍庙里演说西洋故事的，一鼻孔出气。这是自己懂得了（？）外国文，看了些书报，就随便拿起笔来乱写几句所谓通顺的中国文。这明明是欺侮读者，信口开河地乱讲海外奇谈。”鲁迅戏称这样的译文为“无源之水，无本之木”。还有一种译文倒是做到了“移形”，却忽略了“传神”，看鼻子眼和装束与原作并无差异，只是少了原作的精气神，像是原作的“木乃伊”，失去了原作的活力。当今，这两种现象在文学翻译界非常普遍，而且大有泛滥的势头，使得优秀的外国文学作品无法有效传播。过去的那种万众捧读世界名著的现象已成了遥远的回忆。谁之过？读者无过——他们原来想通过译本了解外国文学，可是却受到了译者的“欺骗”（译本少了“约翰”和“杰克”的情味，只有张三李四的调调儿了）。

如欲达到或接近“化境”的要求，译者就应该加强自身的修养，特别是加强语言、文学和美学的修养。万不能手捧一本字典就莽撞地闯入文学翻译界，一只手翻字典，一只手“信手涂鸦”，鼓捣出一些糟粕，坏了文学翻译界的风气。在翻译文学作品之前，应该把原作再三咀嚼，和原作者“神气相通”，和原作者“谈恋爱”“结婚”，然后生儿育女（所谓“儿女”即译品）。郭沫若在翻译雪莱的诗歌时，有一段生动的表述：“译雪莱的诗，是要使我成为雪莱，是要使雪莱成为我自己……我爱雪莱，我能感听得他的心声，我能和他共鸣，我和他结婚了……他的诗便如像我自己的诗。我译他的诗，便如像我自己在创作的一样。”

“化境”是历史，是现实，也是未来。译者必须具有时代的使命感，摈弃“沽名钓誉”的念头，视文学翻译为神圣，还原原作者的风采（为什么要弄出一些蹩脚译文，让读者错以为原作者都是些没精打采、胡言乱语的“小瘪三”呢？），不求“化腐朽为神奇”，但千万不能化“神奇”为“腐朽”！“翻译”曾经一度是造福于民、谋利于国的“神器”（将外国的知识和文化传译到中国，岂不是功臣！），但愿当今的译者们能以“化境”为高标准的要求和理想的境界，摆脱名缰利锁的束缚，让这一“神器”焕发出青春魅力，启迪国人的智力、陶冶国人的情操，服务于中国梦。

“化境”永远在路上！

写给译道化境论坛

文/倪培耕

在举世瞩目的中共十九大召开不久，全国人民在党的领导下，在中国特色社会主义大旗下，在实现中国梦的伟大事业的新时代里，由柳鸣九先生与果麦文化公司共同策划的“外国文学名著名译化境文库”项目，无疑是实现文化强国，建立文化自信和先进文化事业的一个壮举。我对此表示祝贺。

改革开放以来，全国已出版了十几套外国文学名著丛书，都是以名著为坐轴的。柳公的方案是由两个坐轴组织的，而以译者坐轴为主。对于外国文学名著，国内外已有定夺，名译家还需权威认证和大众的认同。我曾在一小文中说，面对泰戈尔的作品，爱尔兰诗人叶芝叹道，这是个高度文化的艺术品；美国诗人庞德说，自己是野蛮人。而泰戈尔诗作在中国久远的影响是与冰心、石真、孙家晋等人的译作佳品分不开的。他们都是高度文化之薪火的传递者。中国译史理应添上一笔。

总之，这套丛书应是具有文化史意义和文献意义的项目。可那么名译品的标准是什么呢。有人说是信达雅。我认为应突出文学味。它就个鉴赏概念，与文学性批评概念不大同。它要求原作转化成译作，成为一个审美对象。它要既具有原作的艺术全貌，又要有与中国艺术语言、艺术趣味、艺术表现的完美结合。这个审美对象会激起读者、观众、听众的直接审美感受，观照欣赏者的审美经验，让欣赏者感悟反思审美价值。一句话，审美功能是文学艺术的首要功能。

一次，在石真家里，她赞同文学味的观念。我们列举了朱生豪的莎士比亚戏剧的译品，杨绛的《堂吉诃德》，傅雷的巴尔扎克作品译作，冰心的《吉檀迦利》，草婴的《安娜·卡列尼娜》。至今无人可超越。当时石真还讽刺了一位权威老人的七卷本诗作的译文，说它们怎么可能有文学味呢。他是个农民出身。这是因诗作译文的编辑说它们像打油诗一席话惹起的。

英加蒂认为，审美对象是经过欣赏者现实化和具体化之后产生的。我不敢苟同。我认为，在传释和解释的整个鉴赏机制里有两个审美对象，第一个审美对象是作家（包括译家）创造的，第二个是在第一个基础上由欣赏者创造的。前者提供了艺术空间和艺术张力，为后者创造了条件。不过后者更具有完美性和愉悦性。

总之，文学味应成为名译的一个注脚吧！

文学翻译要入于“化境”

文/金志平

我国是文化大国，也是文学翻译的大国，每年出版发行的译作数量巨大，然而质量参差不齐，甚至差别很大。如何鉴别一部译作的好坏，应当提倡怎样的译作，是我国译界、出版界需要解决的问题。现在，果麦文化委托译界权威学者柳鸣九先生，精选“外国文学名著名译化境文库”，传扬翻译“化境”说，为我国今后的文学翻译实践提供指导方向，这是十分有意义的创举。

“化境”说是我国学贯中西的大学者钱锺书先生于1963年提出来的。他说：“文学翻译的最高标准是‘化’。把作品从一国文学转变成另一国文学，既能不因语文习惯的差异而露出生硬牵强的痕迹，又能完全保存原作的风味，那就算得入于‘化境’。”“化境”说是极具中国特色的翻译学说，是对我国传统翻译经验和智慧的继承和发展，具有丰富的内涵，可以说包含了信、达、雅等指标的要求。但是译者如何能够“出神入化”，进入这个高超的“化境”呢？钱先生没有细说，这就需要我国译者通过翻译实践总结经验，予以充实。

我认为，译者要在文学翻译中入于“化境”，可以先力求“三化”：

一、译者化为原作者。这里指的是精神上的融洽无间。译者要欣赏所译的作品，对原作者的创作意图融会贯通，在思想感情上尽可能与原作者化为一片，保持一致。

二、将原文化为中文。由于外语和汉语各有特性和规则，逐字对译显然是不行的，应当像钱先生指出的，要“得意忘形”。试举一例：钱先生在《读〈拉奥孔〉》一文中谈到，乔治·桑称赏大仲马和欧仁·苏两人，能在每章收结处来一个奇峰突起，使读者心痒情急，热锅上蚂蚁似的要知后事（l’art de finir un chapitre sur une péripétie interessante,qui devait tenir le lecteur en haleine,dans l’attente de la curiosité ou de l’inquiétude）。

对照这句话的法文原文，钱先生把读者“好奇”译成读者“心痒情急”，把“在不安的等待中感到透不过气来”，改写成“热锅上蚂蚁似的要知后事”。他就这样运用了地道的中文，发挥了母语的形象化优势，创造性地再现了原文的内容和意韵。

三、将原作化为再创作。原作者用本国语言创作出一部优秀的作品，译者就应当像原作者一样，也按照美的规律，用中文进行一次再创作，再现原作中生动可感的艺术形象和情景，使原作在中文中获得再生，如钱先生说的，“躯壳换了一个，而精神姿致依然故我”。

以上只是简述我个人对“化境”说的一些粗浅的体会和想法。当然，名著翻译的道路绝不是平坦的，要达到“化境”谈何容易。钱先生也指出：“彻底和全部的‘化’是不可实现的理想。”然而，正因为艺术的境界无穷，才激励有志者们不断攀登艺术的高峰。

收入第一辑“外国文学名著名译化境文库”的十本译文，我认为都堪称名著名译。译者都是我所敬佩的学者型翻译大家，造诣很高。他们的佳译为“化境”说增添了光彩，必将在译界起到良好的引领作用。

也谈“化境”说

文/曾思艺

钱锺书先生的“化境”说在当前中国学术界，有着不同的评价。大多数人一片赞美，称之为发展了中国的翻译理论，有人甚至使之具有二十世纪后期西方兴起的解构主义等理论的特点；也有人认为，“化境说”并未形成系统的理论，而且其中矛盾之处甚多；还有人持所谓辩证的立场，认为该理论对中国当代翻译理论确有创新，但还有待于进一步深化与完善。

笔者认为，关于“化境”说，至少还有以下三个方面需要注意。

一是必须放在钱锺书先生几十年的学术研究尤其是关于翻译理论的思考中来考察。钱锺书先生对于翻译理论有很长时间的学术思考，而且其思考不断有所发展。

早在1934年7月《学文》月刊第一卷第三期，他就发表文章《论不隔》，文中一再谈到“不隔”的问题：“‘不隔’的正面就是‘达’，严复《天演论》绪例所谓‘信达雅’的‘达’”，“‘不隔’……指跟原文的风度不隔”，“好的翻译，我们读了如读原文”。[1]这里的“不隔”也就是好的翻译，主要还只是指“如读原文”，相当于“信达雅”中的“达”，并且能传达原文的风格气质。

1.《钱锺书散文》，浙江文艺出版社，1997年，第497—500页。

这一“不隔”观念，奠定了此后“化境”说的基础。

1963年他撰写了论文《林纾的翻译》，发表于1964年的《文学研究集刊》上。在这篇文章中，他正式提出“化境”说：“文学翻译的最高标准是‘化’。把作品从一国文字转变成另一国文字，既能不因语文习惯的差异而露出生硬牵强的痕迹，又能完全保存原作的风味，那就算得入于‘化境’。十七世纪一个英国人赞美这种造诣高的翻译，比作为原作的‘投胎转世’(the transmigration of souls)，躯体换了一个，而精魂依然故我。换句话说，译本对原作应该忠实得以至于读起来不像译本，因为作品在原文里决不会读起来像翻译出的东西。”[1]

“化境”说与“不隔”说一脉相承：“不隔”说强调传达原文的风格气质，“化境”说则强调要“完全保存原作的风味”。不过，也有新的发展，它还强调“译本对原作应该忠实得以至于读起来不像译本”，“因为作品在原文里决不会读起来像翻译出的东西”，也就是说要用地道而生动的汉语来进行翻译，因此有学者认为钱先生主张翻译的“归化”。

到了上世纪八十年代，钱先生对“化境”说的定位又有所修改，从原来的“文学翻译的最高标准”改为“文学翻译的最高理想”[2]。标准往往要极力达到，而理想只能尽可能实现，说明钱先生认为，“化境”是一种相当理想的境界，要想达到，极其不易。

二是《林纾的翻译》中的“化境”还包括译者的情感投入。一般论者都只看到该文中的“化境”说强调译作里不流露生硬牵强的痕迹和译作能完全保存原作的风味等内容，其实，光有这两点还无法达

1.罗新璋编：《翻译论集》，商务印书馆，1984年，第696页。

2.《钱锺书散文》，浙江文艺出版社，1997年，第269页。

到“化境”。在该文中，钱先生对比了林纾前期和后期的译文后，指出：他接近三十年的翻译生涯显明地分为两个时期。“癸丑三月”(民国二年)译完的《离恨天》算得前后两期间的界标。在它以前，林译十之七八都很醒目；在它以后，译笔逐渐退步，色彩枯暗，劲头松懈，读来使人厌倦。前期的翻译使我们想象出一个精神饱满而又集中的林纾，兴高采烈，随时随地准备表演一下他的写作技巧。后期翻译所产生的印象是，一个困倦的老人机械地以疲乏的手指驱使着退了锋的秃笔，要达到“一时千言”的指标。他对所译的作品不再欣赏，也不甚感觉兴趣，除非是博取稿费的兴趣。这只是一个老手或能手不肯或不复能费心卖力，只依仗积累的一点儿熟练来搪塞敷衍。[1]

三是特别需要有丰富的翻译实践而且成就颇高，同时又有较深广的中国与西方翻译理论功底的人来进行系统补充与阐发。目前一些学者用西方20世纪后期以来的一些理论对其进行解读当然具有启发性，但也不无生硬之嫌。

1.《钱锺书散文》，浙江文艺出版社，1997年，第289—290页。

化境，一个留下诸多想象空间的翻译学说
——读《论林纾的翻译》有感

文/黄燎宇

“文学翻译的最高标准是‘化’。把作品从一国文字转变成另一国文字，既能不因语文习惯的差异而露出生硬牵强的痕迹，又能完全保存原有的风格，那就算得入于‘化境’。……译本对原作应该忠实得以至于读起来不像译本，因为作品在原文里决不会读起来像经过翻译似的。”

众所周知，钱锺书先生在《论林纾的翻译》里中写下这几句话之后，一个著名的翻译学说诞生了。这就是“化境”说。“化境”说简单明了、令人信服，具有一呼百应的号召力，其影响远远超出文学翻译的范围，赢得了各路翻译的认同和青睐，几乎被整个译界奉为圭臬。值得注意的是，钱先生虽然将“化境”说定义为“文学翻译的最高标准”，但他并未把标准细化，没有具体阐述如何翻译才算化境，而先生本人又少有译作传世，使人也无法从其翻译实践中寻找答案，所以，他的“化境”说给人留下了广阔的想象空间。“译道化境论坛”召开前夕，笔者阅读《论林纾的翻译》的时候也是这种感受。我想提出三个问题供大家讨论。

问题一：是否需要复活“林译”模式？

读完《论林纾的翻译》，我心里产生的第一个问题就是：林纾怎么成了“化境”说的诱因或者案例。林纾不懂外语，算不上翻译搬运工或者摆渡者。他总是站在此岸，等待别人从彼岸把物资运送过来，然后进行加工处理。他不是译者，他只是译文整容大师。从这个意义讲，把那些对中国文学作品随意进行删减乃至修改的海外汉学家称为“林译”型都不算妥当，因为那些汉学家们毕竟懂中文，他们的大胆妄为发生在从始发语到目的语的漫漫旅途当中，而这样的旅途林纾从未经历过。但是，钱先生把林纾视为翻译家，而且林纾的所谓译本至今拥有不少粉丝读者。仔细一想，也难怪。谁不喜欢原汁原味、文采斐然的中文？！既然如此，我们是否有必要尝试让“林译”模式复活？是否应该呼吁中国作协与中国译协展开合作，让莫言、余华、李洱等知名作家与外文过关的普通译者展开一对一合作，以便合力打造化境杰作？天知道作家们是否有兴趣参与合作（自视甚高的林纾就不乐意人家称他“译才”，康有为还因此得罪他！），但可以肯定的是，倘若我们的优秀作家愿意做林纾，我们的翻译杰作就如雨后春笋。

问题二：进入化境，需要什么样的中文？

“化境”说是一种一呼百应的翻译学说。它之所以一呼百应，大概因为人们都喜欢道地的母语，都讨厌洋腔洋调。“亨利希·曼：一场不无忧伤的告别！”——“别了，亨利希·曼！”哪个好听？当然是后者。中国如此，外国亦然。在马丁·瓦尔泽的小说《第十三章》中，“这是翻译腔”已成为一句泄愤或者说骂人的话！从逻辑上讲，讨厌洋腔洋调的，一定知道什么是原汁原味的母语。但如果我们按照这一逻辑深入思考，问题就来了：什么才是道地的中文？我们有共识吗？道地的中文能够从词法和句法进行定义吗？或者说：我们需要写出什么样的词汇、什么样的句子，才让读者不觉得自己在读译文？想到这类问题，事情立刻就变得复杂起来。个中原因在于，中国的现代化进程已经开启一百多年，在这一进程中，翻译成为一股巨大的推动力。一代又一代的中国人，尤其是知识分子，是读着外文、读着译文长大的，外来词汇和外文结构早已深入骨髓、化为血脉，我们在语言上已经多多少少成为混血儿。有趣的是，钱先生论述化境的关键字句——“译本对原作应该忠实得以至于读起来不像译本”——读起来就像是译文！这句话我们也没觉得有何不妥。需要提醒的是，在以极简主义为特征的中文原教旨主义眼里，关系连词原则上是多余的，“因为……所以”“如果……那么”“虽然……但是”之类都应避免，因为中文的逻辑结构是一种隐性而非显性的存在，应该存在于字里行间，若反复斟酌，许多关系连词均可弃之不用。不过，中文原教旨主义属于昨天。今天，我们说话写字不仅离不开关系连词，有时，关系连词的运用还能给我们带来美的享受。

问题三：“化境”说能否绝对化？

化境文字通顺，流畅，读起来如行云流水，可以十分稳妥地给读者带来阅读享受。所以，化境是一种值得追求的翻译境界，化境说一呼百应。但如果联想到在译界屡见不鲜的路线之争，联想到人们围绕“直译还是意译？”“异化还是归化？”“市场/读者第一还是作品/作者第一？”等问题展开的争论，我们就可以清楚地看到，“化境”说来自这第二阵营。有了这一定位，我们就难以将“化境”说绝对化，就很难说它是最高的或者唯一的翻译标准。原因在于，陷入上述路线之争的第一和第二阵营，严格说来属于翻译技巧或者翻译策略方面的争论。其实，翻译策略的运用、翻译策略的正当性或者优越性是由翻译哲学或者翻译理念决定的。就是说，译者运用何种翻译策略，取决于翻译的目的和翻译的目标群体。他不仅不必一生坚守一种翻译策略，即便是翻译同一个文本，他也可以根据需要随时变换策略。我们所熟悉的《国际歌》就是很好的例子。通行版《国际歌》的开头是“起来，饥寒交迫的奴隶！起来，全世界受苦的人”——这是归化；结尾是“英特纳雄耐尔就一定要实现！”——这是异化。二者都有道理，都是正确的选择。前者采用归化策略，是因为法语原文说的是“起来！被罚入地狱的人”，那是基督教思想或者词汇，讲话对象是基督徒，《国际歌》的目标群体是中国的工农大众，对于他们，说受苦比说下地狱更好理解（德文版就和法文版同步，译成Verdammte dieser Erde，即受诅咒的人）。后者采用异化策略，为的是一箭三雕：既把第二国际（法语：L'Internationale，德语：Die Internationale）这个组织彻底屏蔽，避免了相关的政治讨论，又使译文和原文的音节数量相等，易于歌唱，同时又不妨碍读者对“英特纳雄耐尔”做大而化之、不求甚解的正确理解（虽然并不知道是机构名称）。瞿秋白（学界已认定通行版《国际歌》译文的版权归他）把《国际歌》译得出神入化，一方面要归功于他的巨大才情，另一方面是因为他有清晰和伟大的翻译理念。他既是坚定的共产主义者，同时又希望借助翻译丰富民族语言、革新民族文化。这正如他在致鲁迅的信中所说：“翻译，的确可以帮助我们造出许多新的字眼、新的句法，丰富的字汇和细腻的精密的正确的表现。”

与翻译家瞿秋白相映成趣的，是翻译家马丁·路德。众所周知，宗教改革家路德（今年恰逢宗教改革五百周年）把《圣经》译成了德文。他的翻译影响了历史，影响了世界。其巨大的历史影响主要体现在两个方面。一是他的德文版《圣经》连同其“九十五条论纲”，成了宗教改革的利器。由于宗教改革，基督教世界分裂了，天主教的思想中介地位被取消。遭受沉重打击的罗马教廷严令禁止擅自翻译《圣经》（英国宗教改革家威廉·廷德尔甚至被处以火刑），该禁令维持到十九世纪末。路德的第二个丰功伟绩，在于他的德文版《圣经》为现代德语的发展奠定了基础，连睥睨一切的尼采都不得不对他肃然起敬，把他翻译的《圣经》称为“迄今为止最好的德文书”。此外，路德也是一位对翻译做过许多思考的翻译家。在《关于翻译的公开信》中，他不仅为自己在翻译中做的一些自由发挥进行辩护，强调自己的译本“想说德语而非拉丁文或者希腊文”。他还表达了一种可以称之为师法民间的翻译观：“我们必须向家中的母亲、街头的小孩和集市的普通百姓请教，观察他们如何说话，他们怎么说，我们就怎么译。这样他们才理解译文，才知道我们在跟他们讲德语。”很明显，路德之所以力求自己的译文老妪能解，是因为他肩负着宗教启蒙使命。他的译文必须面向俗众而非文人雅士——那个时代的文人雅士就是神职人员。耐人寻味的是，他的大俗最终变成了大雅，他的翻译完美地履行了自身使命。

结语

毋庸讳言，“化境”说留下的最大遗憾，就是没有从翻译理念对译道进行论证，钱先生没有回答“为何翻译”和“为谁翻译”的问题。翻译有多种功能，给读者提供审美享受只是其中之一。如果从文化和历史的角度看问题，我们可以看出翻译还有比这更为重要的任务，其中包括瞿秋白所说的丰富民族语言的重任。回顾历史，看看从佛经到《圣经》再到希腊神话的诸多中文翻译，我们感到惊喜，同时也感到后怕。惊喜，是因为目睹了一桩桩仓颉造字的伟业：没有这些翻译，现代汉语哪有如此丰富的表达和词汇！后怕，是因为一个假设：假设昔日的译者把一切陌生的、别扭的外文词汇都“化”为读者熟悉的、古已有之的中文词汇……如果那样，我们今天的词汇里面哪还有“刹那”“茉莉”“福音”“潘多拉的盒子”“乌托邦”“幽默”，等等。此外，即便就文学翻译而言，我们也不宜将“化境”说绝对化。因为，文学是语言的艺术，而艺术之为艺术，在于创新，在于个性。换句话说，文学翻译的最高境界，不是读起来舒坦不舒坦，不是读起来像不像中文或者像不像译文。这样的标准太普通，太一般。文学翻译的最高理想，在于对作家或者作品进行“面部识别”，在于将其独一无二的艺术特征揭示出来，让译文产生未见其人先闻其声的艺术效果，让读者从一词一句、从一段文字或者一篇文字辨认出这是谁谁谁：是乔伊斯还是狄更斯？是福楼拜还是巴尔扎克？是卡夫卡还是托马斯·曼还是赫尔曼·黑塞？是托尔斯泰还是陀思妥耶夫斯基？

据说，经过深思熟虑，钱先生对“化境”说进行了重新表述，将它从文学翻译的“最高标准”（1964）变为“最高理想”（1979）。假设有第二次机会对“化境”说进行重新表述，先生会不会将最高二字去掉？是的，我们有点想入非非。

“依实出华”：在忠实与自由之间
——从法国诗人克洛德·罗阿的中国古诗翻译谈“化境”

文/车琳

法国诗人克洛德·罗阿（Claude Roy，1915—1997）对中国古诗表达了最诚挚的热爱：“多年以来，尽管存在不可逾越的时空障碍、文化和传统差异、语言和文字隔阂，我痴爱所有诗歌中最不可逐译的一种——中国诗歌。”[1] 中国古诗格律工整，意境悠远，一旦转换成其他文字，韵味便会减损，现代汉语尚不能保存原有节奏与诗意，更莫说是多音节和分析性的西方语言：由于在翻译中需要添加各种表示逻辑关系的字词，五言或七言立刻散文化，韵味随之稀释。所以，曾经主编《中国古诗选》（*Anthologie de la poésie chinoise classique*）的法国汉学家戴密微（Paul Demiéville）感慨此种译事“令译者绝望”[2]。然而，美的境界虽然令人绝望，亦不能阻断人的向往。从古至今，耶稣会传教士、来华旅行的法国文人墨客、博学的汉学家以及有志于传播中华文化的中国学者，致力于译不可译者众也。在不可译中寻找可能性，途径有三种：或重视意义的传达，或追求格律的复现，而克洛德·罗阿探索了一条接近“化境”的翻译之道。

克洛德·罗阿首先是诗人，诗风质朴而不失雅致，其诗艺在诗集

1.C. Roy, Le Voleur de poèmes (Chine), Paris, Mercure de France, 1991, P.34-35.

2.P. Demiéville, Introduction de l’ Anthologie de la poésie chinoise classique, Paris, Gallimard, 1962, p.13.

《时光的边缘》（*A la lisière du temps*，1984）中日臻成熟。他还是苏东坡的法国知音，曾为中国古代诗人写作了一本评传《千年之友》[1]。这位诗人又自称“盗诗者”（le voleur de poèmes），自喻从中国古诗中撷取精华，并以此作为书名，1991年出版了一本中国古诗译作。其实，克洛德·罗阿不习汉语，他在罗大冈、赵无极等中国文人朋友的帮助下，反复理解和揣摩中国古诗原作，继而迻译到法语中；之后，他邀请法国汉学家让·乐唯（Jean Lévi）对译诗进行审校。他自己曾经如是解释道：这就是“乔治·斯坦纳（Geroge Steiner）所说的以诗入诗（poem into poem）的翻译方法。盗诗者的工作（和乐趣）就是从一首中文诗中提取一首法文诗，是另一首诗，但是，如果幸运的话，这首诗或许便是另一种语言中原来那首诗的密友”[2]。

作为译者，一般而言，不通晓外语是不足之处，而对克洛德·罗阿这样的诗人译者而言，这种缺憾转变成优势，使得他可以摆脱源语词句的束缚而在译入语中进行结合意义和形式的再创作。这便达到了得意忘言、舍形存旨的翻译效果。“在中国朋友和法国汉学家的帮助下，我尝试让自己沉浸在诗歌原作中的情感、意境、思想和意象中，然后让一首法语诗在我心中慢慢浮现，它是原作的回音，尽可能地忠实，尽所需地自由。”[3]克洛德·罗阿的翻译尝试与林纾一样，不是寻常路，但是走近了钱锺书先生提出的翻译“化境”，即“把作品从一国文字转变成另一国文字，既能不因语文习惯的差异而露出生硬牵强的痕迹，又能完全保存原作的风味”[4]。在这里，我们便理解了“化

1.C. Roy, L’Ami qui vienait de l’an mil, Su Dongpo (1037-1101), Paris, Gallimard, 1994.

2.C. Roy, op.cit. p.36-37.

3.C. Roy, préface d’Yves Hervouet, Amour et politique dans la Chine ancienne, cent poèmes de Li Shangyin, Paris, éd. de Boccard, 1995，P.III-IV.

4.钱锺书:《林纾的翻译》，收入《旧文四篇》，上海古籍出版社，1979年。

境”产生于“忠实”与“自由”之间的平衡。

试读一首李清照的《醉花阴》，来体会克洛德·罗阿笔下音、形与意的融合之美：

Rêverie secrète
醉花阴
Brume légère, nuage épais.
薄雾浓云愁永昼
Tristesse tout le long du jour.
Parfum de l'encens.
瑞脑销金兽
Fête de l'automne.
佳节又重阳
Fraîche fraîcheur de minuit
A travers la moustiquaire
玉枕纱橱
et jusque sur l'oreiller de jade.
半夜凉初透
Boire du vin au crépuscule
dans le jardin de l'est.
东篱把酒黄昏后
La manche de ma robe
有暗香盈袖
embaume un doux secret.
莫道不消魂
Le vent d'ouest agit le store.

帘卷西风

La tige d'un chrysanthème jaune

n'est pas plus mince que je ne suis.

人比黄花瘦

这首法语译作保留了原诗的意象和意境，甚至像中国古诗一样将名词意象直接相连，而读来又确实具有法语自由诗的美感，其实长短句相间的词与格律诗相比便是自由诗了。诗人译者在法文译诗中反复采用叠韵（assonance，如元音[ā][ɛ̃][u][o]）和叠声（allitération，如辅音f, m）以营造一种内在的韵律和回旋往复的音乐感，并且叠韵与原诗中的很多元音是应和的。而且，由于法语是一种表音语言，音韵和谐也往往具有暗示意义，上述几种元音叠韵和辅音叠声均为在诗中营造一种黯淡和惆怅的思绪，对应了汉语原诗的意境。正如荀子所言："状变而实无别而为异者，谓之化；有化而无别，谓之一实。"

人们常说"翻译即背叛"（Traduire, c'est trahir.），也用"不忠的美人"（la belle infidèle）来形容翻译的效果。其实，"忠实的美人"岂不是最理想的爱人？这条有可能实现的理想主义原则可以成为一种翻译"伦理"。东晋高僧、佛经翻译家鸠摩罗什曾经表述过一个至今依然值得推崇的翻译宗旨——"依实出华"，意思是说翻译的艺术是在保存原质的基础上创造美的意境，这与我们今天所言"化境"是一致的。古今中外，智慧的译者都在努力接近"化境"。

化境里的实物

文/段映虹

在讨论文学作品的译介时，无论归化派还是异化派，预设的情形基本上限于两种语言（及其背后的文化）之间的关系。还有一种情形，可能由于比较少见，谈论的人也比较少，那就是我们面对的翻译作品本身，其内容或背景相对原著语言来说也是异文化。杨绛先生曾将翻译比作“一仆二主”的苦差，译者要“同时伺候着两个主人，一是原著，二是译文的读者”。若借用杨绛先生的譬喻，上面提到的情形对译者而言就多出了一个隐形的主人，即作为原著故事背景的文化。

抽象地谈论这个问题容易陷入绕口令，不如让具体的例子来说话。

尤瑟纳尔的《东方故事集》里有一篇《源氏公子最后的爱情》，作家本人这样解释写作这篇作品的动机：

> 在《源氏公子最后的爱情》中，人物与故事背景都是借用的，但并非来自神话或传说，而是来自一部伟大的文学作品，即令人赞叹的11世纪日本小说《源氏物语》。紫式部在这部长达六七卷的小说里，讲述了一个风流倜傥的亚洲唐璜的经历。紫式部以她特有的细腻，对主人公之死“隐而不谈”，她在前一章中写到源氏丧妻之后决定隐居，下一章里源氏已经离开人世。读者刚刚读到的这篇小说，即便没有达到填补原著留白的目的，至少也可以引人遐想，倘若由紫式部本人来写，她会怎样讲述这个故事的尾声。

《源氏物语》第四十一回原本应描写源氏从隐居到离世之间的一段生活，作者紫式部不忍直面自己心爱的主人公死亡，仅留下标题“云隐”，正文则不着一字。尤瑟纳尔以短短十余页篇幅，描绘源氏随着生命中最后一次秋冬春夏的四季轮替，在对往事的回忆和最后一次爱情体验中感知生命的流逝和复苏，以及最终了悟生命与回忆的虚无。尤瑟纳尔从年轻时代起就熟读《源氏物语》，对紫式部极为推崇，她的补写深得原著神髓，将以《源氏物语》为代表的日本文学的物哀风格发挥得淋漓尽致。

我十分喜爱这篇作品，忍不住尝试将它译成中文。译毕，我将译稿交到一位专治日本平安朝文学的友人手中，请她过目。友人阅毕，在我的译稿上改动了以下几处：

> 原稿：“天色尚早，妇人们却已将脸庞贴在百叶窗细细的草席上。”
>
> 修订为：“天色尚早，妇人们却已将脸庞贴在格子窗细细的帘子上。”

> 原稿：“我是中将，我的丈夫须和是大和省七等贵族。我要赴伊势神庙参拜……”
>
> 修订为：“我是中将，我的丈夫须和是大和国七位。我要赴伊势神宫参拜……”

第一例摘自小说开篇，源氏告别京城启程前往隐居之地，京城里的女性争相一睹光华公子的风采。第二例是源氏隐居后闭门谢客，断绝与外界的一切交往，他从前的一位妃子乔装成小贵族之妻，前去与源氏搭讪。几个普普通通的词汇一经改动，我立即感到仿佛一阵“和风”从眼前的句子上拂过。

最初的译稿将法语原文中的persienne译为“百叶窗”，将latte译为“草席”，不全然算是硬伤，却丧失了“和味”。将法语里的la province de Yamato译成“大和省”，将un noble de septième rang译成“七等贵族”，将le temple d'Isé译成“伊势神庙”，不算大谬，毕竟失之精准。在译文的句法方面，我多半会站在强调译文流畅自如的“归化派”一边；在名物的翻译上，我则认同译者肩负着介绍异域文化的责任，更倾向于保留外语的“异质性”。因此我在翻译中遇到名词时会比较小心在意，比如小说中几次出现parfum一词，容易被理解为“香水”，我略知平安朝贵族有熏香的雅好，故译为“熏香”，如小说中有这样一句：“公子心中涌起一股苦涩的怒气，倒不是因为这位妇人来到眼前，而是她的衣袖上散发出自己故去的夫人们曾经用过的熏香，唤醒了那些令人肝肠寸断的回忆。”

尤瑟纳尔写作《源氏公子最后的爱情》，属于西方古老的文学传统——仿作（pastiche），即着意模仿另一位作家的写作风格，力求达到惟妙惟肖的地步，比尤瑟纳尔早一代的普鲁斯特便是个中高手。然而，这一次尤瑟纳尔比一般仿作者们走得更远，她的模仿对象是一位在语言、文化和时代背景各方面与自己跨度极大的作家。需要指出的是，仿作往往是仿作者对模仿对象某种形式的致敬，有别于另一同样久远的西方文学传统——戏仿（parodie），后者又称“滑稽模仿”，用今天的话来说，相当于对模仿对象的“恶搞”。尤瑟纳尔补写《源氏物语》，意在仿作，而绝非戏仿，她必然会注重在细节上对紫式部的全方位模仿，换言之，她在写作策略上追求的是“化境”。事实上，尤瑟纳尔在运用隐喻、意象、语调等方面的技巧已几乎臻于完美，营造出与紫式部原著极为相似的意境。但是，由于两种语言、文化和历史之间天然存在的差异，日语中的某些名词难以在法语词汇中找到确切的对应，尤瑟纳尔以persienne和latte来指称日语里的“格子窗”和“帘子”，以la province de Yamato，un noble de septième rang和le temple d'Isé来指称“大和国”“七位”和“伊势神宫”，完全在情理之中。作为这篇仿作的中译者，则应意识到在名物方面中文与日语之间有着更为直接的对应关系，故应在忠实于法语仿作原意的同时，跨越法语词汇的中介，采用与事实本身有着更精确对应的名词译法，以还原紫式部原作的“和味”，唯其如此，方不背离尤瑟纳尔对仿作“化境”的追求。

在翻译这个行当，笔者不过是个学徒。练笔之作幸得专业知识领域行家把关，改动几个看似与作品主题宏旨无关，甚至与句法风格无关的名词，却收得“神似”之效。原来化境并不一定高居虚无缥缈之处，也可以存在于平常实物之中。翻译的确是个手艺活儿，只有上手才知道。

译道之“化境”与画艺之“逸品”

文/涂卫群

当我们在此谈论译道或译艺，预设的翻译对象是优秀外国文学作品。从时间上看，与我国东汉以来译经传统不同，文学翻译始于近现代。无论是译经还是译文学作品，当翻译发展到某一阶段（渐渐走向成熟），翻译的标准与境界问题自然会提出，这是从总体上提高翻译水平所必不可少的环节。当代著名翻译家、翻译理论家罗新璋先生编纂了一部厚重而极富参考价值的《翻译论集》，将主要来自这两方面的文论汇编在一起，为我们全面深入了解我国翻译传统（从古至今）提供了便捷的路径。他的卷首长文《我国自成体系的翻译理论》，对这一传统做了精彩的梳理与总结。下文引用的翻译观大都来自这部文集。

谈论文学翻译，不能不参考我国自古以来的译经传统和文艺传统，以汲取养分，并弘扬我国传统文化。

从译经传统看，由于翻译涉及文字表达，而我国有着重文（“文以载道”）传统，译经时对文字表达有着相当高的要求。在此仅举《翻译论集》中被多次引用、钱锺书在《翻译术开宗明义》一文中亦引用了的例子。那是鸠摩罗什与其他僧人共译《法华经》过程中的一段佳话。针对《五百弟子受记品》中一句译文“天见人，人见天”，罗什指出，“此语与西域义同，但此言过质”，后改成“人天交接，两得相见”，他才满意。因此他所期待的译文，按照钱先生的解释，需要满足如下两个兼顾义与文水平的条件："辞旨如本"、"质"而能"雅"。这意味着，译文既要保留原意，又要质朴雅正。鸠摩罗什所译经，能流传至今仍被视为上品，与他对含义与言辞表达两方面的高要求密不可分。译经如此，文学翻译更当如此，既然文学被认为是语言的艺术。

从文学艺术传统看，与诗文相伴，我国有着高超而独树一帜的艺术（如琴、书、画）传统，有些优秀文人同时擅长诗、书、画、琴，如王维。这一文艺传统的主要传承者除了创作者本人，还有品评者。有时两者合二为一，宋代文学大家苏轼留下不少画论、清代大画家石涛则有《画语录》传世。有时又似乎存在着两个既密切相关又彼此独立的创作与品评（诗品、词话、画品、琴论）传统，如唐圭璋分别编纂了《全宋词》和荟萃由唐至清词论的《词话丛编》。文学品评传统中同样出现了不少杰作，如司空图的《二十四诗品》、脂砚斋的《红楼梦》评点，又如近人王国维的《人间词话》。总之，与创作相伴相随，始终存在着一个品评传统，它们互相激励，共创我国文学艺术之灿烂。

自近现代文学翻译起始至今，出现了与之相伴的翻译品评、翻译方法之探讨和当代翻译理论，从不同角度、不同用途、不同追求触及翻译问题和实践。

就源自我国古代传统文化和文论艺论的近现代翻译品评而言，从严复的"译事楷模""信达雅"（1898），到傅雷的"译文的效果""不在形似而在神似"（1951），再到学贯中西的大家钱锺书提出的翻译"所向往的最高境界"乃"入于化境"（1964年首发，1979年修改再发），直到自上世纪七十年代末我国改革开放以来外国文学领域的领军人物柳鸣九先生发起、果麦文化主办的"译道化境论坛"

（2017）及相关出版物，可以看到一条一脉相承且互相补充、不断完善的道路。而译道、译艺的提出，标志着我国文学翻译几经周折后正步入一个新阶段、迈向一个新境界。

“信达雅”“神似”“化境”，无不源自我国古代文化文艺传统。严复本人这样阐释他所提出的“信达雅”：“《易》曰：‘修辞立诚。’子曰：‘辞达而已。’又曰：‘言之无文，行之不远。’三者乃文章正轨，亦即为译事楷模。故信达而外，求其尔雅。”在此，严复求助于《易经》和孔圣，归结出三个原则，以此既强调了为文的正道，也指出了修辞的重要：言辞应诚而信，达意而止，并寻求接近雅正的表达。此处的“雅”（《尔雅》原为我国古代一部训诂书）可理解为修辞的“正确、合乎规范”；“雅”字的这重含义，常被人们忽略。值得注意的是，严复的主要译事对象是科学、政治哲学、逻辑学等理论类著作，他的“信达雅”论是他为所译生物学家赫胥黎的著作《天演论》所写译后记，是他为自己的译事设定的楷模。后人将此推广至其他翻译文类，但仍不应忘记严复所针对的译事对象乃理论类作品。

与严复有所不同，长期从事法国文学翻译的傅雷从“尺度”和“境界”角度论文学翻译，他借用了中国文人画论传统中的“神似”一词（东晋画家顾恺之提出的“传神写照”）。文学作品不同于政论或理论作品，特别是像巴尔扎克这样的小说家，他的小说系列《人间喜剧》中出现了大量绘声绘色的人情世态描写。假使译者没有类似于原作者的写作才华，难以胜任翻译这样的作品。傅雷的文章作为译序写在他重译巴尔扎克的小说《高老头》之后，因此“神似说”主要是针对翻译巴尔扎克小说一类的文学作品而言的。在这篇短短的序言中，他进一步这样描述译文标准：“理想的译文仿佛是原作者的中文写作。”这其中便包含着透彻的“化”的功力。在1963年致罗新璋先生的一封论翻译的书信中，他写道：“任何作品，不精读四五遍决不动笔，是为译事基本法门。第一要求将原作（连同思想，感情，气氛，情调等）化为我有，方能谈到迻译。”这里的“化”，指的是对原作的深入消化吸收，直到成为译者的内心世界的一部分。

现在我们再来看柳鸣九先生提出的“译道化境”说。翻译的“化”境，是钱锺书在评论林纾的翻译时提出的，因此与傅雷的“神似”说一样，针对的主要是文学作品的翻译。他从许慎《说文解字》中选取了一个字，“囮”，试图用这一个字和它的“虚涵数意”来概括翻译的种种功能、可能的问题，以及标准和境界：译、诱、媒、讹、化。他的结论是，“化”乃翻译“所向往的最高境界”和“文学翻译的最高标准”。他进一步解释说：“把作品从一国文字转变成另一国文字，既能不因语文习惯的差异而露出生硬牵强的痕迹，又能完全保存原有的风味，那就算得入于‘化境’。十七世纪有人赞美这种造诣的翻译，比为原作的‘投胎转世’（the transmigration of souls），躯壳换了一个，而精神姿致依然故我。换句话说，译本对原作应该忠实得以至于读起来不像译本，因为作品在原文里决不会读起来像经过翻译似的。”在罗新璋先生看来，钱先生后面这段解释，如“精神姿致依然故我”“译本对原作应该忠实得以至于读起来不像译本”云云，与前引傅雷先生的一些表达“有异曲同工之妙”，从而“钱锺书先生提出的化境，可视为是‘神似’的进一步发展，同时亦把翻译从美学的范畴推向艺术的极致”。

在果麦文化策划的“译道化境论坛”上，柳鸣九先生郑重提出“译道化境说”，并称之为“中国制造”的“学术徽号”。认为它“是中国广泛的传统美学思想的延伸与发展”。这一提法值得深入探讨和展开。

“化”字，原本有多重含义。诸如：消化、转化、物化（庄周梦蝶）等等。但更为根本的是，“化”字还有一个与原初的创始行为相系的含义，那就是“造化”：惟初太始，道立于一，造分天地，化成万物（许慎）。而我国传统的文艺作品，无不努力模仿造化（道、自然）的功业：“笔参造化”（李白）、“外师造化，中得心源”（张璪），这既意味着以笔墨模仿造物的行为创造一些生动的形象，也意味着，努力创造与自然、与宇宙大化融为一体的艺境。这后一重含义，苏轼在品评文同画竹时，恰恰用了“化”字表达：“与可画竹时……其身与竹化”，他在别处还指出，“画竹者必先得成竹于胸中”。其说与傅雷所言“将原作化为我有”相似。

傅雷的“神似”说，显然继承了我国文人画论传统。在此，我们不妨参照书画品评来比拟、理喻“化境”。在文人画传统的线路上，存在着上中下三品（三格或三等级）：神品、妙品、能品。三品之外，又立被尊为最高境界的“逸品”。根据徐复观在《中国艺术精神》中的解释，逸，指自然（也是“神的最高的表现”），其他三品简化地说，依次指：形似、得心应手、传神，并且他认为：“由能、妙、神而上升的逸，是逸的正宗，也尽了逸的情态。”按照程抱一先生的阐释，“逸品”达到了创作者与造化融为一体的境界。如果化用到文学翻译上来，那么同样存在自下而上的等级，能品大体指与原作“形似”；神品则指传神的作品，相当于傅雷所言“神似”，妙品居两者之间。那么翻译中的“化境”，便类似于画论中的“逸品”，从能品、妙品、神品而步步上升，直至抵达形神兼备的自然而然的境界：原作与译作等量齐观，并驾齐驱。它既包含了译者创造力恰如其分的发挥，亦包含了对原作的忠实，乃至与作者的交融、神会，是一种高超的艺境。无疑，每位译者可自定标准，但能够流传久远的必然是那些与原作神似，接近“化境”的译品。

如果说“化境”说继承了我国文艺品评传统，它并未对译作提出具体的要求，尤其是它并不构成对译作本身所采用语言的约限，也不意味着必须采用古语雅言或四字成语。尽管如此，对于现代汉语，译者当然有责任“化”之，这不只意味着引进新术语、新词汇、新句法，更应该化古：心系我国古代文化及优秀文艺传统，以汲取营养、陶冶性情、提升境界，并以文学翻译为契机丰富现代汉语。

不可否认，来自不同文化的一部部文学杰作各有特点，既有像《追寻逝去的时光》（又译《追忆似水年华》）那样的集大成之作（这样的作品，正像《红楼梦》，其中纳入了多层次的语言表达，从个性化的人物话语，到精妙高雅的诗意描写再到深刻的人生哲理），也有用更为简单平白的语言写就的杰作。对于不同的译品，抵达了化境都是极高的评价；正像在文人画中，不论绘画对象是山水还是梅兰竹菊，其至高的境界都是化境。

在当代，与翻译理论并行发展的，同样存在着主要由翻译家们撰写的翻译体会和译作品评。二者可各司其职，并行不悖地发展。

首先来看翻译理论的功用。正像法国文学理论家贡巴尼翁指出的，文学理论不是用来指导文学写作的，而是用来从事文学研究、大学教学和作为大学生写论文的依据。翻译理论亦然。其主要作用不在于指导翻译实践，而在于研究译事译论、与其他译论争辩。对于译者或外国文学爱好者并无多少指导意义或帮助理解译作的价值。

与以概念演绎为线索的理论作品不同，翻译品评从具体的翻译行为出发，着眼于与读者分享翻译体会和审美愉悦。这类作品延续着我国古代品诗论画的传统，严复的《天演论》译例言、傅雷的《高老头》重译本序、朱生豪的《莎士比亚戏剧全集》译者自序，以及当代翻译大家、《追寻逝去的时光》等多部文学作品的译者周克希先生的《译边草》和《草色遥看集》，都属于这类作品。周先生的这两本书，由一篇篇精致而精彩的随笔、访谈、讲座等组成，十分耐读。其中既有他对文学及文学翻译的看法，也有他个人对翻译不同作品的体会，还纳入了许多生动有趣的译例。对于译者和文学爱好者（乃至翻译理论研究者）都是不可多得的好书。优秀品评类的作品本身除了给人以阅读的乐趣，还让人学会品味。不懂得品味，便无境界可言。

柳鸣九先生"译道化境说"的郑重提出，和他所发起、由果麦文化策划并将陆续出版的"外国文学名著名译化境文库"丛书等一系列善举，标志着当今文学翻译界对我国优秀文化文艺传统的更为有意识的回归和发扬光大，无疑也将激励更多追求译艺"化境"作品的出现。借鉴古人，尊重美好文化文艺传统，对于我国文学翻译事业的健康发展必不可少。

文“化”之尺度

文/刘晖

在翻译理论上，存在着“顺化”与“异化”的根本分歧。顺化多指通过翻译产生一个美学上令人愉悦的生产性文本。出于美化文本的目的，译者有权对文本自由处置，如圣哲罗姆意译《旧约全书》时把原文视如战俘，目的语视如征服者。异化则如施莱尔马赫主张的那样，“让译文读者获得原文读者在阅读原文作品时的印象”。贝尔曼（Berman）强调翻译行动的恰当伦理目标是原原本本地接受异质性。韦努蒂（Venuti）意图以异化“策略”抵抗透明、流畅和隐形的顺化翻译，在他看来，一种不流畅或疏远的翻译风格，能够凸显原文的异质性身份，并保护原文不受译入文化的支配，显示译者的存在。如伊格尔顿所说，只有主张直译的译者才最深切地感受到整个写作过程所耗费的心神和精力。拉德米拉尔明确提出翻译的本质是不同（dissimilation），“为原语作者创造一种目的语风格”，异化只有为了顺化才有理由存在，若译者放弃美学与文学评价的主体性，也就放弃了他的自由，屈从于一种想象中的认识客观性。所以，在他看来，翻译与改编的界限并不是那么清晰，文学翻译者要考虑如何使原语文本所产生的效果（effet）体现在目的语文本中，这些效果不只包括诗学和文学效果，风格和修辞效果，还包括意义和语义效果，甚至喜剧效果，“强调原文的精神并不是随意处置字义，而是要挖掘字义”。

拉德米拉尔偏重目的语读者的翻译美学，很有启发意义。必须承认，异化和顺化的差别在于外语文本与译语文化同化的程度不同，同时，对目的语读者的接受水平的要求不同。那么，无论译者是否有目标读者，他都必须选择某种翻译策略，确立转化方法和尺度。奈达分出了形式对等和动态对等，形式对等指译文贴近原文结构，要求正确性和准确性，动态对等指目的语文本的语言不受原文干扰，原语文本场景中的“异域性”减至最低程度。然而，无论是死抠字眼，还是追求神似，在语言屏障目前都无法宣称掌握了绝对真理。语言之间的异质性是异化与顺化分歧的不合之果。

翻译是一个语言人对另一个语言人的作品的阐释与传达。如本弗尼斯特所说，“人在语言中并通过语言成为主体”。但理性与修辞之间存在着冲突。语言是先于人存在的无意识宝库。文学作品中，不存在意义透明的原文，也不存在达到澄澈真理的译文。作者无法控制其作品的阅读，译者无法垄断对原文的理解。较之古典作品的“狭隘”开放性，现代作品向无限的信息空间敞开。按照艾柯“开放的作品”的观点，“作品有无限多的角度，每一个角度不只是一个‘部分’或者碎片，因为它们中的每一个都包含了整个作品，它们中的每一个都从特定的方向揭示了整个作品。”这就是说，作品是对潜在的阅读“开放的”，能以内在结构的生命力来指引阐释活动，不同阐释的基础既在于阐释者本人的复杂性，也在于作品本身的复杂性。但他指出，开放不是无限的，与支配阅读和意义选择的场相联系：“这个场使符号与接受之间的关系成为交流的关系，而不是使之成为荒谬的对话，那样的话，符号就不是符号而是噪声，接受就不是接受而是唯我论的谵语。”若无作为文学可能性空间的场的限制，读者的阐释就成了过度诠释。布尔迪厄强调，在文学场中，配备了象征机制的形式探索通过汲取集体无意识的资源，产生了历史地多元决定的作品，由于这种象征超负荷，作品产生了并不一定属于作者意图的效果。禁闭于索绪尔语言牢笼的结构主义者与后结构主义者走得更远，他们宣告作者已死，坚持意义由语言系统决定，与意图无关。布尔迪厄反对这种消灭创造者的怀疑主义和相对主义观点，同时指出作者意图不是一个有意识的构思，而是一种实践意识，一种创造机制。译者应该对创造主体进行社会历史研究，考察文学作品产生的社会条件，寻找作者的生产方式。这样，面对作品的意义过剩，译者就可以有理有据地选择符合社会历史语境的意义，传达作品的精神风格，而不是把别人的作品当成自己创造的原料。由此，译者与作者处于一种互动关系中，互相沟通，互相理解，达成一致。这就是非暴力的交往。

自新小说时代以来，文学趋向于变成自足的语言游戏：创作过程胜于完成作品，开放型作品胜于封闭性完美佳作，读者的参与意识胜于作家意志。译者遇到前所未有的挑战。除了理解，转化即词汇选择和句子构建本身就是对译者的巨大考验。当然，这同时是译者发挥创造力的机遇：他可以选择化洋，借鉴外语的句法——犹如在文化上实施巴西食人主义：通过类似于食人肉、喝人血的宗教仪式，汲取他者的精华，构造新鲜的汉语；也可以选择化古，到古文中寻找中国式的复杂长句和词汇，重拾汉语的张力和表现力。古典教育涵养下的蒙田对法语的臻于完美功不可没，拉丁作家帮他弥补法语的匮乏，如圣伯夫所说："蒙田固有的这种风格，在形象的连贯和搭配上如此一致，如此多样，好像要求一个人织一块料子，同时又穿上它。他必须要展开它，在一些地方拉长它的纬纱，缝上他的比喻；看看，为了给他下定义，我几乎不得不像他那样说话了。像蒙田那样大胆地、有创意地创造和想象缺少的词组和短语以取而代之的人，似乎很难得"。本雅明主张创造一种特殊的翻译语言："译文中，语言的和谐如此深邃以至于语言触及意义就好比风触及风琴一样。"对他而言，翻译不是把原文的外语转换成我们自己的语言，而是让翻译彻底异化我们认为是自己的语言。好的翻译让两种异质语言碰撞，通过扩张的、创造性的方式，帮助自身语言的成长，同时寻求一种更高的、更纯正的语言。这种纯语言通过翻译与原文的共存和互补得以释放。尽管这是某种语言乌托邦的构想，但朝着这种方向努力能促使改造一个民族的语言，从而改造一个民族的精神。不得不说，简短、明晰的汉语代表着思维方式的贫乏，导致理解力和思考力的衰退。因此，必须放弃汉语某些遣词造句的陈规和懒散，放弃雕饰的、无用的辞章。译者不要把读者设想为无智力和消化能力的白板，而是有一定理解力和适应力的主体。译者应该趋向于更有启示性、沉思性、复杂性的译文，不要出于迎合无障碍阅读的需要而改变原文的风格，把沉重、晦涩、艰深的哲思变成轻快、通畅、简单的小品。在当今形势下，这就意味着，译者要与出版社的规范化的平滑译文标准进行不懈的抗争。

移情与化境
——以西班牙语为例

文/徐蕾

无论翻译界的理论学说、流派经历了多少风云流转，钱锺书先生提出的“化境”说始终难以超越：“把作品从一国文字转变成另一国文字，既能不因语文习惯的差异而露出生硬牵强的痕迹，又能完全保存原作的风味，那就算得入于‘化境’”[1]。

德国功能学派代表人物赖斯（Katharina Reiss）根据语言的功能把文本分成三类：“重内容的”“重形式的”和“重感染的”。第一类“重内容的”多为以提供信息为目的的文本。第二类多指文学体裁。第三类则指广告、宣传等注重效果的文本。“化境”中提到的“风味”当指第二和第三类作品。

很多情况下，这“风味”是作者通过“移情”(西班牙语：empatía)于“事”、移情于“物”造成的结果。钱锺书先生即提出“一切文艺鉴赏根本就是移情作用”[2]。

美国心理学家梃庆钠（Edward B. Titchener）第一次使用empathy这个单词，用来表示把信息发出者的情感移注到物里去分享物的生命。刘宓庆在《翻译美学导论》中提到：“所谓‘移情’就是移植

1.钱锺书：《林纾的翻译》，摘自《钱锺书散文》，浙江文艺出版社，1997年。

2.钱锺书：《谈艺录》，生活·读书·新知三联书店，2001年。

'自我'（主体的生命活动）于'非自我'（对象的形象），从而达致物我同一，客观形象成了主观情感及思想的表现，这个投射过程也可以概括为'由我及物'"[1]。换句话说，作者移情于人、事、物、景等，创造出丰富多彩、斑驳陆离的意象，成为作品的灵魂。这作品便是翻译客体。翻译主体（译者）需要经历与作者相反的"移情"过程方可开始下笔：根据对作品、作者的了解，包括作品的创作时代、社会背景、历史文化背景、作者的个人经历、人生观等，破解作者寄予人、事、物、景等的"情"，感受到作者的"情"和"物"，把源语写作的文本转化为意象，做出正确的解读，完成"由作者及我"的过程以及翻译过程中的第一次"移情"。接下来再把源语转化为译入语，同时把"意象（风味）"反映出来，用译入语再现原作者的"移情"过程，至此完成翻译所需的双重"移情"过程。例如：《西厢记》名句"碧云天，黄花地，西风紧，北雁南飞"中，作者移情于凛冽的"西风"，再现了离人心中的凄苦。翻译时，译者需首先还原作者移注于自然现象"西风"中的"情"，以同理之心感受作者的写作意图，然后在译入语找到合适的手段再现汉语中的"移情"。为此，钱歌川先生认为译入英语后，"西风"必得是"东风"。而西语中若要制造同样的移情效果，"西风"便成了"北风"[2]。

然而，在翻译的过程中，且不谈表达，仅是理解这"移情"、这"风味"又谈何容易。

第一步，译者首先需理解作品的语言意义（字面意义），这已不是件简单的事。语言是文本的载体，然而，各种语言之间的差别巨大，例如：属于汉藏语系的汉语是孤立语，属于印欧语系的西班牙语

1.刘宓庆：《翻译美学导论》，中国对外翻译出版公司，2005年。

2.钱歌川：《直译和意译举例》，摘自《翻译的基本知识》，世界图书出版公司，2012年。

属于屈折语，无论从音系、形态还是语义和句法，这两种语言都迥乎不同。

以西班牙语为例，西班牙语形合重于意合，也就是借助语言形式手段显示句法关系，如丰富的形态手段（名词的性、数；动词的时、态、式等）、指代手段等；而汉语却是意合重于形合，即不借助语言形式手段而仅借助词语或句子的意义或逻辑关系显示句法关系。语言学家沈家煊先生提出汉语中“词无定类，依句辨品”。估计习惯于以西方语言模式分析汉语语法的人，看到这观点，就像百米跑后忽然停住脚，恨不得一个趔趄扑到地上。汉语语言学界还流传着一个著名的例子：“那场火多亏了消防队员”。这委实是一个令人为难的翻译实例。因为按照西方语言的逻辑，主语似应是“那场火”，但这样一来接下来的谓语可就让人冷汗涔涔了。翻译时，译者必得把这句话按照完备的形式手段改为“那场火（的扑灭）多亏了消防队员”。原因何在？汉语以及汉语的使用者习惯于在阅读时动用自己的逻辑分析能力并根据语境（包括语言本身的上下文、作品所处的社会、时代情境等）来破解句意，而西方语言（包括西班牙语）却非把事情的来龙去脉说个清清楚楚。因此，西语国家的文学作品中常见一页纸只有一句话的情景，而这一句话竟如同排列在主干两侧的一串葡萄，果实虽丰，却井然有序，毕竟每个单词以自己的形态标记无声地昭示着自己的地位。

第二步，是理解文本的语外含义。文本受到语言这个载体所制约，语言又受到历时和共时两个维度的社会习俗、历史、宗教等影响。除了字面意义，文本内容不免“沾染”上各种语外含义。因而，利用不同时代、各个国家的语言创作出来的作品恰如身着各式服装的小姑娘，她的一颦一笑在不同时代的人、不同地域的人甚至同时代、同地域不同的人眼中都有着不同的解读。于是，哪怕我们过五关斩六将，破译出了文本的字面意义，文本的语外含义，包括作者的“移情”内容仍然在远处向我们哂笑。

理解不了作者移注在外物中的“情”，翻译便成了“无源之水”。“化境”对译者来说，也成了一座永远不可企及的高山。

让原作走近读者，不如让读者走近原作
——译道化境感悟

文/杨玲

归化还是异化，汉化还是欧化，意译还是直译，永远是翻译领域争论的焦点。钱锺书先生提出的“化境”理论的关键就在这个“化”字上，他认为真正高明的翻译，应该像原著的“转世投胎”一般，只是躯体上发生变化，但在灵魂或者说本质上并没有发生变化。然而，要达到让译著和原著在灵魂上始终如一谈何容易，并非刻板的规矩或方法可以实现。无论是中国古代学者释赞宁提出的“翻也者，如翻锦绮，背面皆花，但其花有左右不同耳”，还是美国翻译理论家尤金·奈达的“功能对等”理论，又或是鲁迅先生所说的“凡是翻译，必须兼顾着两面，一当然力求其易解，一则保存原作的丰姿”，以及钱锺书先生从“诱”“讹”“化”之间的关系悟出的翻译的理想境界“化境”，可谓殊途同归，共同的目标都是让不同语言的读者能够读出原著中蕴含的“神”，而非“形”；“道”，而非“器”。

直译有直译的好处，能带给读者一种陌生感，让他们感受到外语小说，对我而言即西班牙语小说在文化、叙事和修辞等方面的独特之处，毕竟这也是中国读者读外文小说的乐趣之一。但直译绝不等于硬译，绝不等于完全不顾译文优美的机械性翻译。不滥用成语、俗语，也绝不是完全不用。当外文的表达与中文成语的意思十分贴近时，成语当然是最好的选择，但当选择某一成语会漏掉很多原文的信息时，直译可能是更好的选择，能够尽可能地把原文中的丰富意象原汁原味地展现给读者。直译首先追求的是准确并忠实于原文，同时兼顾汉语的通顺和优雅。鲁迅曾提出“宁信而不顺”，由此可见鲁迅先生对保持原文风貌是非常看重的，但这也显然是夸张的说法，在实际操作过程中，信达雅兼顾才是翻译应当遵从的基本原则。

举个《霍乱时期的爱情》中我采取直译的例子：

原文：El doctor Urbino se sintió delatado. Se fijó en ella con el corazón, se fijó en su luto intenso, en la dignidad de su congoja...

英译：Dr. Urbino felt betrayed. He stared at her openly, at her intense mourning, at the dignity of her grief...

旧译：他仔仔细细地将她上下打量了一番，注意到她身着重孝，神情痛苦而严肃。

拙译：他用心地打量了女人一番，注意到她一身素孝，以及她悲痛之中的不卑不亢。

意译也有意译的优势和必要性，例如外文中长句的处理。外文常常会使用长句，外文中的长句一般由复合句组成，所以不会造成冗长拖沓的感觉，但如果硬要在译文中使用长句，就会让读者读起来吃力费解，有时甚至会造成歧义和误读。这种情况下，在保证不丢失原文元素的条件下，按照中文的习惯调整为几个短句，不但不会破坏原文的味道，反而起到保持节奏的效果。

再以《霍乱时期的爱情》中的另一个例子来说意译的长处：

原文：la tarde en que vio las golondrinas en los cables de luz repasó su pasado desde el recuerdo más antiguo, repasó sus amores de ocasión, los incontables escollos que había tenido que sortear para alcanzar un puesto de mando, los incidentes sin cuento que le había causado su determinación encarnizada de que Fermina Daza fuera suya, y él de ella por encima de todo y contra todo.

英译：on the afternoon when he saw the swallows on the electric wires, he reviewed the past from his earliest memory, he reviewed his chance loves, the countless pitfalls he had been obliged to avoid in order to reach a position of authority, the events without number that had given rise to his bitter determination that Fermina Daza would be his and he would be hers despite everything, in the face of everything.

旧译：看见燕子蹲在电线上的那天下午，他从最早的记忆开始，回顾了自己的过去，回顾了一次次逢场作戏的爱情，回顾了为爬上发号施令的位置而必须越过的无数暗礁，回顾了使他产生不顾一切地要同费尔米娜结合的万死不辞的决心的种种往事。

拙译：看见燕子停在电灯电线上的那个下午，他从最久远的记忆开始回顾自己的过往，回顾了一桩桩猎艳的情事，回顾了为爬上发号施令的位置曾跃过的无数处暗礁，以及种种数不清的往事，而这一切皆由他那刻骨的决心而起：他誓要让费尔明娜·达萨属于他，而他也属于她，这个决心高于一切，所向披靡。

总之，过程永远是灵活的，直译和意译、形似和神似往往相得益彰，不可避免要兼而有之。不过，翻译是一项永远带着缺憾的活动，永远都留有修改和完善的空间，永远没有一劳永逸的一定之规。既然让原作走近读者是不可能的，不如想尽办法让读者走近原作。

“由根起”的翻译

文/魏然

致力于西语文学翻译之前，我迷上了演剧，一腔热情地幻想做小剧场演员。

某一次，得到田沁鑫导演指点。她说，石挥先生早已总结了表演的两条途径：“迎头抢”或“由根起”。你看你目前的表演，弱在“迎头抢”。

石挥所说的“迎头抢”，是指从一切最表层上下手。把“一切迎在前面”的东西都在急忙中一把掠过来，“凭经验专在获得效果”。幕一开就演戏，幕一落就算演完，观众也笑过也哭过，同时也报以彩声。所谓“由根起”，是将表演比拟成一株奇异美丽的花木。花木呈现给人欣赏时，是连根在内的，绝不仅是“光杆牡丹”。“由根起”就是要吸取一切素材与启示，经过理性的分析与整理，产生出一种舞台上的“型”与“性”。

原先我不完全赞同这段话，认为苦心经营的表演跟艺术直感之间有冲突。但后来领悟到很多艺术工作，都内含着矛盾的要求。钱锺书先生在《林纾的翻译》一文里指明，“以矫揉造作，求天然本来”——这是好翻译要走过的路。钱文总结出“化境”说，倡导“把作品从一国文字转化为另一国文字，既不能因为语文习惯的差异而露出生硬牵强的痕迹，又能完全保存原文的风味，那就算入于‘化境'"。以我经营的西语文学翻译为例，从地球另一端的拉丁美洲到中国，译文要翻阅多少道“字沟”，洗掉多少层尘垢？想臻于“化境”，非“由根起”不可。

只是当下，“迎头抢”的翻译容易，“由根起”则难多矣。对“小语种”文学翻译来说，更难。是否不同语种文学之中，也存在着“美好生活的需要和不平衡、不充分的发展之间的矛盾”？“小语种”文学译者人数少，只有几位前辈“像孤星一样点缀在茫茫夜空之中”，各自经营、传承着句子的手艺。

钱文引《说文解字》，解说了翻译当中最关键的几个概念：诱（翻译能起到的作用）、讹（难以避免的毛病）、化（向往的最高境界）。“迎头抢”的译文肯定充满“讹”的谬误，望文生义，套话成行，最终离间了原作和读者。“由根起”的译作，则暗自努力经营，目标是消灭自己，把读者引向原作，至少要实现“诱”的功能。我以为，“迎头抢”的译文很可能难免故作妖冶，“由根起”的译文反而质朴。银幕上，自恋自赏的演员终究讨人嫌；在舞台上忘了自己的人，才能让观众记住。因为好演员深知，自己的任务是邀请观众，透过他这层中介，欣赏、判断身后的剧目。

而此刻，对西语译者来说，“诱”的任务太沉重，中介者没有赏玩的余地。

译介西语文学，并非是偏锋猎奇，而是深知众多读者仍旧期待超越手机微信的“浅阅读”，渴望思想的深度。更深的意味是，我们深知当代中国正在重新定位自己的世界历史意识。近代以来，西语美洲往往被不假思索地等同于“西方”的一翼，这片大陆复杂多样的文化地形被一笔带过。“中—西对举”的“西方中心主义”思维模式限定了我们的思想和行动的可能。带领西语文学的读者走向美洲深处，是一次思想探险的邀约，邀请读者潜入一片绝不同于“西方中心主义”的知识体系与感觉结构的历史丛林深处。

译者“由根起”，一个循环之后，引导读者走向思想的根基，这是我期待的一种境界。

译道化境可以实现吗？

文/许金龙

钱锺书先生曾于1964年发表《林纾的翻译》，其后分别于1979年和1985年再次发表这部对于文学翻译界非常重要且不时引发讨论的著名论作。钱先生曾在此文中如此提及文学翻译的标准和理想：

> 文学翻译的最高标准是“化”，把作品从一国文字转变成另一国文字，既能不因语文习惯的差异而露出生硬牵强的痕迹，又能完全保存原有的风味，那就算得入于“化境”。（1964年版）
>
> 文学翻译的最高标准是“化”，把作品从一国文字转变成另一国文字，既能不因语文习惯的差异而露出生硬牵强的痕迹，又能完全保存原有的风味，那就算得入于“化境”。（1979年版）
>
> 文学翻译的最高理想可以说是“化”。把作品从一国文字转变成另一国文字，既能不因语文习惯的差异而露出生硬牵强的痕迹，又能完全保存原有的风味，那就算得入于“化境”。（1985年版）

由以上引文可以看出，钱先生尽管把1964年版和1979年版的最高标准在1985年版里改为最高理想，可是对于最高标准或最高理想所指涉的“化”，却是没有任何改动。还是在《林纾的翻译》中，钱先生是这样阐释这个“化”字的：

> 汉代文学学者许慎有一节关于翻译的训诂，义蕴颇为丰富。《说

文解字》卷六《口》部第二十六字："囮，译也。从'口'，'化'声。率鸟者系生鸟以来之，名曰'囮'，读若'譌'。"南唐以来，"小学"家都申说"译"就是"传四夷及鸟兽之语"，好比"鸟媒"对"禽鸟"所施的引"诱"，"譌"、"讹"、"化"和"囮"'是同一个字。"译"、"诱"、"媒"、"讹"、"化"这些一脉通连、彼此呼应的意义，组成了研究诗歌语言的人，所谓"虚涵数意"(manifold meaning)，把翻译能起的作用、难于避免的毛病、所向往的最高境界，仿佛一一透示出来了。

借助"化"字的训诂，钱先生把文学翻译的前后过程和最高境界"一一透示出来了"，那就是将"译""诱""媒""讹""化"视为"一脉通联"且"彼此呼应"的有机整体，着重提出"讹"是翻译过程中难以避免甚或必不可少的存在，进而指出"讹"是"化"的前置条件，先有"讹"，其后才能"化"，然后升华为"最高境界"，这里所说的"最高境界"，大概就是我们今天讨论的"译道化境"了。

细读《林纾的翻译》，可以发现钱先生笔下的"讹"大致分为两类，其一是属于消极层面且难以避免的三种距离："一国文字和另一国文字之间必然有距离，译者的理解和文风跟原作品的形式和内容之间也不会没有距离，译者的体会和表达能力之间还时常有距离。"其实，我们在翻译实践中也经常遇到这三种距离，所以这段话语不难理解，况且钱先生还为我们举了一个很好的例证："最近，偶尔翻开一本林译小说，出于意外，它居然还没有丧失吸引力。我不但把它看完，并且接二连三，重温了大部分的林译，发现许多都值得重读，尽管漏译误译随处都是。我试找同一作品的后出的——无疑也是比较'忠实'的——译本来读……就觉得宁可读原文。这是一个颇耐玩味的事实。"显然，引文中的"漏译误译随处都是"就是那三种距离造成的“讹”了。且慢，这里还有个问题需要注意——既然这部林译小说“漏译误译随处都是”，治学严谨的钱先生为何“不但把它看完，并且接二连三，重温了大部分的林译，发现许多都值得重读”，而且因此引发兴趣，进而找出并阅读林译之后出版的其他“无疑也是比较‘忠实’的译本”时，却抨击其为“懒汉、懦夫或笨伯的忠实”，故而“宁可读原文”去。

诚如钱先生所说，这确实是个“颇耐玩味的事实”了。为什么会出现这个“颇耐玩味的事实”呢？原来钱先生之所以“宁可读林纾的译文，不乐意读哈葛德的原文”，是因为林译“轻快明爽”。由此可见，“讹”也不尽然都是消极的，在一定条件下，“讹”是有可能升华为“化境”的。这就是说，钱先生对于“讹”还有另一个积极层面上的解读。不过，对于林译中的种种讹错，钱先生并没有视而不见，反而尖锐地指出：“一部作品读起来很顺利容易，译起来马上出现料想不到的疑难，而这种疑难并非翻翻字典、问问人就能解决。不能解决而回避，那就是任意删节的‘讹’；不敢或不肯躲闪而强作解人，那更是胡乱猜测的‘讹’。”在批评林译中的“胡乱猜测”等各种讹错的同时，对于林译中的“轻快明爽”背后的、林纾这个译家积极主动的创造精神却也毫不吝啬地表示了鼓励和赞赏。换句话说，钱先生更看重的似乎是这种积极主动的创造精神所带来的“化”的神奇作用。

或许还需要借助钱先生本人的以下文字才能更清晰的看出这一点：

> 林译除迭更司、欧文以外，前期那几种哈葛德的小说也未可抹杀。而我这一次发现自己宁可读林纾的译文，不乐意读哈葛德的原文。也许因为我已很熟悉原作的内容，而颇难忍受原作的文字。哈葛德的原文滞重粗滥，对话更呆板，尤其冒险小说里的对话常是古代英语和近代英语的杂拌。……林纾的文笔说不上工致，而大体上比哈

葛德的明爽轻快。译者运用“归宿语言”超过作者运用“出发语言”的本领，或译本在文笔上优于原作，都有可能性。

从这段引文可以看出，林纾之所以能将“原文滞重粗滥，对话更呆板”的原作译得“明爽轻快”，是因其运用“归宿语言”的能力超过原著作者运用“出发语言”的能力，故而“译本的在文笔上优于原作”。尽管该译至少在文体上有背离原作的嫌疑，却仍不失于“原作的‘投胎转世’，躯体换了一个，而精魂依然故我”。这大概就是钱先生所强调和坚持的由“讹”而“化”了。也就是说，在论及文学翻译的境界（或曰最高境界）时，钱先生没有机械地拘泥于以“信”为本的翻译传统，而是超越性地提出更高的审美要求——充分领会原文本的“出发语言”及其意蕴，进而得意忘言，出神入化地运用“归宿语言”，努力使得我们的译文“既能不因语文习惯的差异而露出生硬牵强的痕迹，又能完全保存原有的风味”。

然而，这个由积极层面上的“讹”创造性地“化”为“最高标准”的“化境”，尽管在翻译实践中可以在某些字词或句式等局部达成，若就译文或译著整体而言，则是极难、甚或无法进入的。即便是树立此一标准的钱先生本人在阐释这个标准时，也常常会为如何把握“讹”的度而颇费周折，在赞赏“译本在文笔上优于原作”的同时，却又告诫我们说：

一个能写作或自信能写作的人从事文学翻译，难保不象林纾那样的手痒；他根据个人的写作标准和企图，要充当原作者的“诤友”，自以为有点铁成金或以石攻玉的义务和权利，把翻译变成借体寄生的、东鳞西爪的写作。……正确认识翻译的性质，认真执行翻译的任务，能写作的翻译者就会有克己工夫，抑止不适当的写作冲动，也许还会鄙视林纾的经不起引诱。

显然，这是钱先生在警告我们要“正确认识翻译的性质，认真执行翻译的任务”，不要“充当原作者的‘诤友’，自以为有点铁成金或以石攻玉的义务和权利，把翻译变成借体寄生的、东鳞西爪的写作”。然而，倘若我们认真遵循钱先生的以上教诲的话，又该如何得以“译本在文笔上优于原作”呢？这其中就需要一个极为精准而非模糊不清的边界了。遗憾的是，这实在是一个仁者见仁、智者见智的问题，是一个众说纷纭却没有统一定义的问题，包括钱先生本人，最终也未能精准地划出这个边界。换句话说，我们只能无限接近于那个边界，却极可能永远无法真正到达那个边界。或许正是在这个意义上，钱先生才于1985年将此前视为“最高标准”的“化”降格为“最高理想”的吧。如果这句话语可以成立的话，我们似乎就可以作出以下结论了——“译道化境”宛若美丽的彩虹，是文学翻译的最高理想，是我们一代代译家需要全力以赴的最高理想，恐怕也是极难实现的最高理想！

谢谢大家！

“化境”与不同语言、文化之间的对接

文/薛庆国

屈指数来，这些年来我翻译了十多部阿拉伯文作品，还完成了两部汉译阿作品。我在翻译中秉持的原则，主要以忠实为主。我理解的忠实既体现在语言的细节上，更体现在对整体风格的把握上；两者无法兼顾时，则以后者为重。在诗歌翻译中，为了更好地在译文中传达整体风格，如意象的新鲜感、句式的冲击力、词语搭配的和谐性或突兀性，有时还必须在翻译时做出创造性的变动；若是在细节上过分追求对原文的亦步亦趋，反而可能导致诗歌总体风格的失真。

当然，关于诗歌翻译的理论和标准众说纷纭，各有千秋，有时很难断言孰高孰低。去年在北京外研书店举办的一次诗歌活动中，诗人王家新和他作品的英语译者、德语译者同台对话。英语译者乔治·欧康奈尔和德语译者顾彬都是资深的翻译家和诗人，两位译者先后朗诵了王家新同一首诗作《柚子》的译文。乔治的译文和朗诵似乎更接近原文的风格：温馨、含蓄中带着优雅的感伤。而顾彬的德语朗诵则让不懂德文的听众感到震惊：他的译文显然具有更强的音乐感和感染力，也流露出更浓烈的情绪、更深切的哀伤。乔治的英译诗无疑更为忠实，但哪一种译诗更好？看来还真不能轻易地做出判断。

为更好地传达原作风格，我在翻译时有个习惯，会让自己尽可能沉浸于与原文风格近似的语言氛围中。如在翻译纪伯伦的《先知园》

等具有“圣经体”风格的作品时，我经常捧着中文版《圣经》阅读，以体会、适应那种来自圣贤、高古空灵的语言风格。在翻译《自传的回声》时，我找来风格近似的鲁迅小说阅读，以便更好把握凝练而含蓄的笔法。在翻译剧作《奴仆贾比尔头颅历险记》时，我阅读了好几个中文剧本，以便了解舞台语言的口语性和生动性。在翻译阿拉伯语诗歌时，我在床头放置了几本汉语诗集，随手翻阅，以更好地感受汉语诗歌语言的节奏感和句式的灵活度。

在翻译阿拉伯文学时，我还注意充分发挥汉语的特点与优势，力求让译文更加地道。譬如有意少用人称代词，多用动词，将长句分割成更符合汉语习惯的若干短句，有意省略句际衔接的关联词，以体现汉语“意合”的特征，等等。

汉语的特点和优势还体现在语言所依托的极为悠久、丰富的文化积淀和文学记忆上。通过译文中词语、句式的精心选择，来调动读者对母语文学的记忆和联想，能增加读者对外国文学的亲切感和接受度。在阿多尼斯的诗篇《祖国》中，多次出现“折腰”这一意象，如：“为我颠沛失落中把它的土揣在怀里的家园/我折腰”。就译词的选择而言，将“折腰”换作“弯腰”“鞠躬”“曲身”也未尝不可，但恐怕只有“折腰”一词，才能调动起读者大脑里有关古今人物面对江山、美人乃至权贵、斗米而倾倒、臣服的记忆。换言之，“折腰”是能让读者产生最丰富的联想、感情、心理活动和阅读趣味的选择。我在翻译阿多尼斯领受第二届中坤国际诗歌奖的领奖辞《诗歌的意义在于撄犯》时，用“撄犯”一词，来译表示“侵犯”“袭扰”意思、相当于英语中Transgression一词的阿拉伯语词语。诗人王家新对此颇为赞赏，认为：“译者创造了‘撄犯’这个生僻又准确而又让人难忘的词！”诗人朋友的赞誉，自然令我颇受鼓舞。当然，我在选用这个词时，还有着更多的考量：通过使用“撄”字，将阿多尼斯的革命性的诗学观，同主张“不撄人心”的中国封建传统政治理念形成对比，亦即让阿拉伯与中国两个历史同样悠久、积弊同样深重的古老文明建立了某种对应，更让主张“诗歌撄犯”的阿多尼斯和力倡“诗撄人心”的鲁迅实现了思想、精神和气质上的隐秘对接。

因此，在我看来，翻译的化境，呈现于在最大程度上实现不同语言与文化间的对接。

阿拉伯文中文翻译的归化现象

文/林丰民

从阿拉伯文翻译成中文跟其他语种的翻译一样，也存在着异化和归化的问题。这里重点谈谈归化的问题，也就是钱锺书先生所说的“化境”。高明的阿拉伯文中文译者会根据内容的需要去选择异化的译法或归化的译法进行翻译活动。

仲跻昆先生在翻译阿拉伯贾希利叶时期著名诗人乌姆鲁勒·盖斯的悬诗将起首的几句诗以归化的方法进行了翻译：

朋友们，请站住，陪我哭，同记念：
忆情人，吊旧居，沙丘中，废墟前。
南风、北风吹来吹去如穿梭，
落沙却未能将她故居遗迹掩。

قِفا نَبْكِ مِنْ ذِكْرى حَبِيبٍ ومَنْزِلِ
بِسِقْطِ اللِّوَى بَيْنَ الدَّخُولِ فَحَوْمَلِ
فَتُوضِحَ فالمِقْراةِ لَمْ يَعْفُ رَسْمُها
لِما نَسَجَتْها مِنْ جَنُوبٍ وشَمْأَلِ

这几句诗直译的话，大意是这样的：

停下来吧！让我们为回忆起情人和故居而哭泣，

在达胡勒和郝迈勒之间转弯之处，
而后是涂迪哈和米格拉，风未抹销
南风北风吹过编织而成的沙丘画图

在这短短的两个联句中就包含了达胡勒、郝迈勒、涂迪哈和米格拉等4个地名，如果用异化的方法翻译的话，不仅韵律上很难合辙押韵，在诗的意境上也很难达到较好的效果。而仲跻昆用归化的译法，去掉了几个拗口的地名，传达了原诗作的意义，具有了诗歌的韵味。

不恰当的归化

但归化的应用也不是处处都合适。在涉及不同的文化背景的情况下，要小心运用归化译法，以免陷入错误的境地。比如有人将阿拉伯文原文中的“结婚”根据中文的习惯翻译成“拜天地”，就背离了原文文化习俗的本意。比如：

تم زواج أحمد من بنت عمه فى جو من الترحيب والفرح

这一句话的意思是“艾哈迈德和他的堂妹在欢乐的气氛中完成了婚礼”。有人将其翻译成：“在欢快的气氛中，艾哈迈德和他的堂妹拜了天地”，这就违反了阿拉伯—伊斯兰文化的本来面目。中国人结婚讲究要拜天地、拜父母、夫妻对拜，但对阿拉伯人来说，尤其是信仰伊斯兰教的阿拉伯人，在他们的观念中，只有真主是独一的创世主，天与地并不具有神性。如果把天地奉为神祇，是对真主的大不敬，违背了伊斯兰教的基本精神。译者本意是要以归化的译法来构建一种“化境”，却由于没有考虑文化背景而弄巧成拙。

归化与异化的结合

格言、谚语等体现一个民族文化的文字特别需要很好地处理归化与异化的问题。比如阿拉伯语里有一句谚语："运枣到巴士拉。"（حمل التمر الى بصرة）这样直接翻译倒是体现了异化的原则，有了原文本身的意蕴，但是对于其他文化背景的人来说就不一定能理解，体会不到这话真正的内涵。对于阿拉伯人来说，这个内涵很好理解，即巴士拉盛产椰枣，而把椰枣运到巴士拉，等于多此一举。因此，像这个谚语，可运用中国歇后语的形式，结合异化和归化的方法，翻译成："运枣到巴士拉——多此一举"，这样意思就比较明白了，既体现了原文的内涵，又让译文的读者了解了其内在所要表达的意思。

从“信达雅”到“化境”

——译界在京举办论坛畅谈翻译理想

文/江胜信

“我们一生的时间，几乎都忙乎在两岸隔洋相望的渡口，迎来送往那些络绎不绝的特殊客人——文化使者；或者是忙乎在文化桥梁的两端，搬运着有巨大分量、深邃意义的文化产品……我们的任务与工作是极其严肃极其认真的，是五光十色的，其作用与影响是极其深远而重大的。”法国文学研究领域的泰斗柳鸣九以84岁年迈之躯，依然忠诚地做着“摆渡者”和“搬运工”。

如何摆？如何搬？如何践行党的十九大报告提出的“加强中外人文交流”新要求？11月12日，柳鸣九作为“译道化境论坛”的发起人，召集起英、法、德等十余个语种的36位翻译家。桂裕芳、金志平、张玲、林一安、施康强等不老宝刀同译界中坚、新秀一起，畅谈翻译新理想，探讨翻译新标准。

“信达雅”提出之后

翻译的标准是什么？大多数人会回答：信达雅。

信达雅，是《天演论》译者严复于1896年提出的，“求其信，已大难矣！信达而外求其尔雅”。

一百二十年间，信达雅三标准引起多次争论，遭到各种质疑。

直译说、意译说、硬译说、信达切、“忠实、通顺、美”“自明、信达、透明”……各种新说法欲取而代之。

“译道化境论坛”上，柳鸣九指出，鲁迅特别强调“信”，主张硬译。鲁迅的精神地位和学术地位，使其倡导的“硬译”二字，成为一两代译人心里的译道法典。柳鸣九拿新中国成立初期的北大教授高名凯举例，“他译了几十本巴尔扎克的书，把硬译术愚忠似地用到了极致，结果，不仅所译的书都成了废纸，而且受了处分，被撤了教席。于是，在译界，一方面形成了对‘信’的顶礼膜拜，一方面形成了对‘信’的莫名畏惧，在它面前战战兢兢，生怕被人点出‘有一点硬伤’。”柳鸣九认为，对“信”的绝对盲从，必然造成对“雅”、对“达”的忽略与损害。

傅雷是主张“神似”的译界巨子。“译道化境论坛”上，深得傅雷口授心传、有着“傅雷传人”美誉的罗新璋回忆恩师：“他提出，翻译应当像临画一样，所求的不在形似而在神似。”比如伏尔泰有句话，直译是“我见得太多了，我成了哲学家”，但伏尔泰显然不是指“成了康德、黑格尔那样的哲学家”，所以傅雷把后半句译为“把一切都看得很淡”。

“在林林总总的翻译理论、翻译标准的争论中，值得关注的是傅雷的“神似”说。”德国文学翻译家高中甫说，“他提出的神似……出之自己的翻译实践，出之他的渊博的学识，是对‘信达雅’的一种提升。”

“化境”说的演进轨迹

傅雷的“神似”说并未引起广泛关注和理论阐发。时隔近三十年的1979年，钱锺书在《林纾的翻译》一文中，提出了“文学翻译的最高标准是‘化’”。钱对“化”作出如下解释：“把作品从一国文字转变成另一国文字，既能不因语言习惯而露出生硬牵强的痕迹，又能保存原有的风味，那就算得入于‘化境’。”

高中甫认为，“化境”与“神似”庶几近之，又有很大不同，“是‘神似’与‘入化’的差异，‘化’是更高一级的标准。”罗新璋也认为，从“神似”到“化境”，呈现出“演进轨迹”。

越过傅雷到钱锺书的学术跨度而不表，哪怕只观察钱锺书早年与后来的翻译探索，也是有着演进轨迹的。罗新璋为此专门作了梳理：1934年，钱锺书撰《论不隔》；1963年，撰《林纾的翻译》。钱在前文中提到的“好的翻译，我们读了如读原文”，发展为后文中的“译本对原作应该忠实得以至于读起来不像译本，因为作品在原文里决不会读起来像经过翻译似的”；前文中提出好的翻译“跟原文的风度不隔”，后文则以“三个距离”申说“不隔”：“一国文字和另一国文字之间必然有距离，译者的理解和文风跟原作品的内容和形式之间也不会没有距离，而且译者的体会和他自己的表达能力之间还时常有距离。”

钱锺书把早年的“不隔”说，发展成了后期的“化境”说。罗新璋认为，“不隔”是一种状态，“化境”则是一种境界。

“化境”一词，《辞海》中一指艺术修养达到自然精妙的境界，二谓如来佛教化所到的境界。罗新璋说：“用来作翻译标准，钱先生一无依傍，‘化境’说是原创性提法。”

“化境”二字里的“化”则有着先贤的哲学基础。《荀子·正名》有言：“状变而实无别而为异者，谓之化。”这句话为“化”作出的注解便是：形变了，但实际上还是同一的。引申到文学翻译上便是，语言文字变了，而内容没有任何改变。

翻译如何臻于化境

钱锺书先生在提出“化境”的同时也坦陈：“彻底和全部的‘化’，是不可实现的理想。”

既然不可实现，又如何指导现实中的翻译呢？钱先生在翻译上的另一主张“得意忘言” 臻于化境，罗新璋指出：“化境说或会觉得玄虚不可捉摸，而得意忘言，则易于把握，便于衡量，具极大的实践意义。”

罗新璋拿钱先生的翻译举例：《谈艺录》五四一页，拜伦致其情妇的Everything is the same，but you are not here， and I still am. In separation the one who goes away suffers less than one who stays behind. 钱锺书译为：此间百凡如故，我仍留而君已去耳。行行生别离，去者不如留者神伤之甚也。罗新璋认为，此译可谓“得意而忘言”，得原文之意，而罔顾原文语言之形。

法国文学翻译家郭宏安则从钱锺书先生定义“化境”的必要条件“保存原有的风味”中，看到了用于翻译实践的抓手。钱另说过“雅非为饰达”，“非润色加藻”。郭宏安认为，以“风味”解“雅”，实为一大创造。“我理解，‘雅’就是风格，就是文学性，传达原作的风格是文学翻译的最高境界。”郭宏安又说：“我们很少见到臻于化境的译本，但是追求‘化境’的译本还是不少的。这样的译本，多半是杨绛先生所说的‘一句挨一句翻’的译本。如果翻译有技巧的话，最根本的就是‘一句挨一句翻’，很平实，不花哨，真正做到却不容易。”

罗新璋感慨道：“国外翻译理论分：功能学派、语言学派、阐释学派、文化学派、解构学派、女性主义、后殖民译论、苏东学派八大学派，共四五十家，而中国的‘化境’说最应该拿到国际译坛上去！

偏偏还没人做这件事。”

“译道化境论坛”是国内译界第一次围绕“化境”展开专门探讨。组织这次论坛的果麦文化，将陆续出版“外国文学名著名译化境文库”，加快优秀译本经典化，并将摄制“译道化境”同名纪录片，记录中国翻译家们的风骨与精神传承。

内心独白的“化境”
——翻译《壁画》后的一些思考

文/舒荪乐

匈牙利作家萨博·玛格达以擅长刻画人物的内心独白，善于塑造坚强的女性形象而闻名。她的内心独白写作手法在二十世纪五十年代的匈牙利被当作实验性创作的典型而引起关注，使萨博·玛格达成为一位注重实验性叙事的代表性作家。今年，我有幸翻译了她的长篇小说《壁画》，这部作品首次展现了萨博内心独白的写作手法，而我在翻译的过程中也碰到了与此相关的一些问题，从而对内心独白的翻译有了些许思考。

《壁画》一经问世便获得了空前的成功，被相继翻译成多种语言在欧洲和美国出版，并一举夺得了匈牙利最高文学奖——科苏特奖。在实验小说普遍找不到出路，得不到认可的大环境下，萨博的实验小说却能受到如此广泛的好评，应该归结为情节的戏剧式编排和“内心独白”手法的运用，而情节的戏剧性编排恰恰得益于“内心独白”的写作手法，这种独特的叙述技巧把文章的整体结构编排得玲珑别致，表面上呈现为各章之间相互独立，实质却是前后呼应，几条线索如血脉般将整部作品有机地组织串联起来，一气呵成为一首多声部共鸣的大合唱。

“内心独白”具体来说就是对人物的内心描写，在作品中起到延展时空、情境闪回、空间跳跃的作用，归纳为一点，也就是一种转换，时间、空间上的转换。而落实在翻译上需要注意的问题就是准确把握作者的这种转换意图并选择恰当的方式将其表达出来，这也是翻译“内心独白”的重难点所在。小说中几乎现在时与过去时是并行存在的，人物的任何一个动作都会引发他们的联想，进而转移当时叙述的空间和时间，成为过去式。比如，大宅女主人艾迪特的老母亲来参加自己女儿的葬礼时，看见院子里疏于照料的花圃，便引发了她的一连串心理活动：“霉菌爬遍了两丛雏菊花，至少应该把半死的金钟柏砍了，但是，不，它们就这么立在干枯的草坪上丢人现眼。这家人肯定都习惯了这副模样。都是些什么人啊！就是有钱她也绝不去住宾馆。国家可真会算计，一个退休的老妇人到这时就该办丧事了。每月一百一十九福林的退休金……希望这以后教士还会继续资助她。她清楚地记得，如果没有她，教士不可能娶得到艾迪特……十九岁的艾迪特在结婚的当天早上，被她硬拉着去注册。只要教士能供她生活，提供她需要的一切就行了。要不是农村的生活比城里简单得多，一百一十九福林根本没法过日子。”

这一段中，老母亲从长满霉菌的花圃联想到了自己的生活境遇，随后又将思维转到如何保持自己的生活水平，也就是希望她的女婿教士依然会赡养她，进而思绪又飘向女儿结婚当天的情景。短短两百字的一段话，将时空拉回到了四十多年前，简单交代了这个家庭的部分背景：老夫人很穷，生活在农村，女儿极不情愿地嫁给了教士，教士在婚后一直供养老妇人生活。

内心独白的一个特点是叙述的过程不会一味向前发展，偶尔会出现间歇性的停顿、闪回，而要达到这样的效果，对重复性语言的重视非常重要。因此，译文就需要在翻译时注意这种重复的冲击感，利用这种强烈的似曾相识的感官冲击实现作家时空交错的意图，在上一段译文中就主要表现为着重渲染老夫人拮据的生活，通过这个意向，将读者带回四十年前的小村时光。

小说中不乏这样的句例，萨博·玛格达经常使用这种闪回的方式将读者带入故事的另一个时空，因而翻译时不仅需要具备敏锐的洞察力，发现时空交错的线索，更需要译者能够使用契合的语言形式，适合闪回时空的表达方式来呈现这种微妙的转换关系，以呈现出现在与过去、这儿与那儿的时空错位关系。

译道化境：此程确非坦途

文/张玲

眼前这次论坛的主题是“译道化境”。既然论道入境，这无疑就是以我们中国传统哲学范畴中最高端之中的理念介入了翻译这样一宗涉外的学问了；而我这次发言，还得事先请诸位海涵，允许我先絮叨几句题外话。

我是上世纪五十年代中期北大中文系的本科生，退休前，是中国社科院外文所英文编审。当初在大学，我那个班级的公共外语必修课是俄语。老师梁钰文、丁友渝先生都是甘为莘莘学子披肝沥胆的良师，下了讲台又是益友。恕我坦言，鄙人当时还算是个大试小测基本都得五分的学生；无奈不久恰逢特定年代，毕业不久又进入中苏交恶时期，俄语不派用场，辜负了当初恩师的良苦用心——他们本人也横遭灾难。因此，像我这样既未正式受过专业外语教育，也没学过翻译理论或受过这方面业务训练之人，对于外语、外国文学，本是僧道两门；至于英语，还是在中学获得过一点ABC起步的基础，而其时又正逢中美、中西对抗热战最甚数年，校方对这门解放前保留下来的传统课程的重视以及学生对其学习的兴趣之度，皆已降至零下，这门课程教与学的效果，至今自是可想而知了。随后就是随时挤业余时间自教自学，八十年代初到社科院外文所以前，教过几年大学基础英语，后来在北京的《翻译通讯》（《中国翻译》的前身）当了几年编辑，在外文所主要工作是编译外国文论，兼写一些评论和作家研究，这前后四十余年，都是我半工半读自学英语的历程，当然，80年代后期开始，去英、美、加、澳、欧洲短期访问讲学旅游（其中唯一受公派的是1988年约十周赴英做高级访问学者），这些都是我除完成访学计划外，附带的宝贵补习英语良机。又是这样，包括退休后的最初几年，业余翻了几本英国小说，还是托这些作品原作都是经典名著之福，几种译本至今还都尚未被读者所唾弃；而据自我感觉，自己的英语也不能说还没有在这点翻译实践中渐渐有所长进。不过，即便如此，对于翻译理论，虽然在做翻译论文和英美文论编辑过程中稍有涉猎，终究都是略及皮毛。因此现在我真是怀着敬畏之心，被前来的专家诸君裹挟而来，是来聆听在座各位的译道高论。我自己对这方面不仅是僧道两门，而且是野狐禅，——虽非邪魔，也是外道，本不足为外人道。只不过是既来之，则只能说一说自己翻译实践当中的一点相关的体验。

我的发言既以最低且俗的自我外国语文学学步开始，这与今天论坛的主题“道”“境”自然有别天壤，未免太过小儿科；不过念及己之所言，初衷却是借此机会应答一些年轻读者经常问及我究竟是怎样做起翻译来的，无非是唠叨些许外语学习中只有自知的点滴甘苦；同时也是希望以一己之身的体验和教训，说明“化境”此一看似高逸而且玄妙的境界，又并非绝对悬空，它在译者不断纵身攀力求跃企及的过程中，似乎还是需要语言、文字等技能以及才情、学养等为依托。就以道家的得道成仙而论，也不并非像瑞普·万·温克那样，一不留神，喝下些仙酒就在仙境大睡了二十年。常说中国的道家人，不知要经过多少年的苦修才成正果；假如是非人类的飞禽走兽爬虫水族之类，则更需要千年万年还不见得脱胎换骨。仅以最便捷、最适于大众共享的一跺脚就腾云驾雾直达天庭而言，那也是得有云托着；而云，无论是白是黑，还是五色祥云，溯其本源，也并非虚无缥缈的冰，而是水汽，不过是来自最低处，最靠近地球的大气层，或者索性就是从更低的地表下蒸发而来。

关于翻译的化境这个概念，我最初当然是从钱先生《林纾的翻译》一文接受。那是上世纪八十年代初。在此前，七十年代中，我在大西北的大学外语系教本科英语，趁暑假回北京悄悄考进中国对外翻译出版社，当时叫“联合国小组”，编辑《翻译通讯》。那时先生的《旧文四篇》已发表，我和大家都争相购阅。读得虽然认真，却没有特别的领会，也没有留下什么明显的印象。三四十年前那时候，或者再连同高中大学期间，我还只翻译了一些英国中短篇小说和短诗、散文，算是习作，只出了一本英国女作家中短篇小说选。钱先生对翻译提出“化境”之说，对我这种愚钝晚生，真是仍在云里雾里。直到最近一周准备来到这里，偶然翻阅自己的旧书，发现了2003年写的旧文章里谈翻译《双城记》的感受，我曾经说在译到原文的精彩之处，随着作者一起喜怒哀乐，心潮澎湃，仿佛自己已经变成了他，由此也就有了一点下笔神来的感觉。这时候，自己仿佛已经不是在从原书本上一字一句地照搬字句到译稿纸上，而就是在那儿写作，仿佛是被原作者附了体一样。现在我不知道，这究竟算不算就是一种译者在竭力提升自己，力争使自己接近原作，融入原作的尝试和体验呢？

这里说到了译者力图接近原作者。这当然也就是译者如何处理好和原作者关系的问题。我认为，这是译者迈向或者说接近化境的必由之路。

我想用粗浅的跳交谊舞来做个比较。其实我对跳这种舞，从来都没有太多兴趣和技艺，只不过觉得，一对舞伴在舞场上那种对立统一，起止进退，闪转腾挪，形神互动的状态很有趣，也很像是一对作者和译者的关系。

让我们看，跳交谊舞的时候，通常是男女双方，一个带另一个，——其实性别并不很重要，缺少男伴的时候，也可以女带女。关键在于一个主动，一个被动。主动方邀，被动方应，这就等于是翻译的时候先把原作摆出来，先看译者是否接受。然后跳起来的时候，被动方也并非一味跟进跟退。有时要发挥主动性，通过暗示，提醒和帮助对方把握方向路线，以免发生碰撞是非。就这样，在一对舞伴随着乐曲起承转合，翩然悠然当中，也就达到了一种陶然忘我的境界——我把它称之为化。翻译的时候也是一样，作者带领，译者跟进，一主一客，译者不能任性逾越雷池，那是喧宾夺主；但还是要既要揣摩领会作者，又要争取发挥自己的能动性。只有在达到了主客互动当中，彼此心领神会，才谈得上渐渐向“化境”靠拢。

现在再回到一部书开译的初始，我们拿到了书，这活儿接与不接？愿与不愿接效果是不一的。我有幸生平总算有机会接了英国小说中自己最喜欢的两本，一本是《双城记》，一本是《呼啸山庄》。一是写历史，写大场面，大胸怀；一是写情，写一家小儿女至死不渝的私情。我翻译它们的时候，似乎还真像是跳舞的时候找到了珠联璧合的好舞伴，偶尔还会生出一点点飘飘欲仙的感觉。这也就是常言的“很过瘾”。

但是我翻译时也遇到过这种情况，从根本上说你并不喜欢这部书，还是接了这个活儿，最后在反复和它磨合当中了解深了，也会产生默契甚至日久生情。比如去年重新校改过的哈代的《卡斯特桥市长》。

我最初并不太喜欢这本书，对我难点太多，三十年前译完出版了，并未达到基本的满意，出版社也并未提出意见。近几年从网上看，很滑稽，自己最不满意的这个译本，反被一两位女研究生选为毕业论文的主题，还夸奖了一番！不管别人怎么说，去年和前年我还是前后差不多花了近一年的时间，逐字逐句又把它修订过一遍，达到自己稍感满意，又提供给出版社等待再版。我真不知道，这到底是我老朽昏聩，不识时务，还是那些年轻朋友如今已经有了更新的超常标尺呢？我也不知道，现今人们在观舞的时候，欣赏的口味会不会也有这样大的差异！

最后我们再回到钱先生对翻译的“化境”之说。我领会这当然是指在文学翻译的范畴。科技政史等方面的，大体应该是又当别论吧。即使是文学翻译，我想也应该是指对那些好的文学原著；平庸的泛泛之作，根本不配言“化”。其实，归根结底，任何艺术成果的最高境界都是化境。贾岛有《寻隐者不遇》：“松下问童子，言师采药去。只在此山中，云深不知处”；李白的《独坐敬亭山》：“众鸟高飞尽，孤云独去闲。相看两不厌，唯有敬亭山”；李白之后差不多四百年的辛弃疾有《贺新郎·甚矣吾衰矣》：“我见青山多妩媚，料青山见我应如是，情与貌，略相似。”这里好这像辛弃疾比李白那时候对自己和对青山都更了解了；还有中国画家的水墨山水花草，和诸体书法，还有那些至今已成凤毛麟角的古乐，这些艺术作品和创作它们的艺术家之间的关系，也都有一样的情境。我突然想到一个翻译“胸有成竹”的笑话。这个成语据说是出自苏东坡论绘画。上世纪四五十年代之交，我们的访苏代表团一位中国代表说话时，用了这个成语，那位苏联翻译译成俄语的时候，就成了“肚子里有根棍儿”。后来在改革开放以后，听说，美国翻译也有的走的是同样的路子。由此看来，画家要画，翻译家要化，首先肚子里都得有东西。肚子里无竹有棍儿，只能画（化）出棍儿来。

译事的这种化境，也像“道”一样，是带有哲学意味的命题，有时又似乎是只可意会不可言传，尤其对于我这种资质蒲陋的普通译者，更是可望而不可即，只能力求接近。此论题如果深究，恐怕还不仅仅是我们翻译行之事，还得请出中国哲学家来共议。细看钱先生《林纾的翻译》，似也未作扩展式的论证，我手头也没有找到先生就此高论所做实践的范本译作。希望今后能在诸位专家大论中得到启示。

柳鸣九莫泊桑译文中“化”的努力与分寸

文/罗新璋

柳鸣九，大学者也。1957年，我们走上工作岗位，急于学习提高，忙于应对工作而不迭。柳兄已于1961年，就文艺欣赏中的共鸣现象，发表长文，引起学界注意。立意很高，从者众，也不乏商榷者，引发一场全国性讨论。一鸣惊人，一举成名。

1978年，文革刚过。在广州外国文学工作会议上，柳兄就二十世纪西方现代派文学的评价问题，作六小时主旨演讲。丰厚的学养，独到的见解，有破有立：破日丹诺夫极左论断，立西方现代文学主流健康论。广州讲话，振聋发聩，名声大振，确立其权威地位。接着，推出《外国文学名家精选书系》共八十卷，世界优秀作家作品包罗无遗，事实上成本领域内领军人物。

后期，从学术研究转向散文写作，描摹“翰林院”内外的西学名家，记述父子孙女间的骨肉情深。所写文化名士，雅望非常，经《北京青年报》《作家文摘》连载，进入大众阅读视野，影响更大。

柳公以论著散文崛起，翻译非其主业，亦不专专于此，况且翻译“别是一家”。著述主创，翻译主因（因循本旨）；一求自出机杼，一则专事依傍；二者相较，著胜于译。因业务需要，或个人志趣，也译过雨果、都德，以及加缪、梅里美、《小王子》等。其《文集》第十四卷，莫泊桑短篇小说选译自成一书。触发译莫泊桑，或因涉及原译的版权难题，不好解决，索性自己动手。但深层原因，恐怕还是出于对莫泊桑的推崇，觉得值得一译。“莫泊桑可谓法国现代短篇小说的真正奠基人，把小说的叙事艺术推进到一个高峰。创造出数量巨大的短篇小说，其中为数不少在艺术上至今仍是具有经典意义的精品。”柳译莫泊桑选本，从其三百短篇中取近十分之一，选最具代表性的二十三篇，以供读者欣赏，提高文化修养。

莫泊桑1850年生于法国北部的港口城市费康（Fécamp）。他少小时，其父不务正业，父母离异，由母亲带回娘家艾特塔（Etretat），后在鲁昂（Rouen）上中学。熟悉诺曼底地区，他早年作品就多半以乡民村人为题材，如《一家人》《绳子》《小狗皮埃罗》《一个诺曼底佬》等。

1870年普法战争爆发，莫泊桑投军从戎，为他一生中经历的重大历史事件。普军的占领，法军的溃败，百姓的爱国热情和英勇抗敌，成为他作品又一重大题材来源，如《菲菲小姐》《两个朋友》《瓦尔特·施那夫斯奇遇记 》等。

复员后，在巴黎海军部任职，期间数访已故舅父之友福楼拜，求教于大家。福楼拜在致萝尔（Laure de Maupassant ）的信中(1873/02/23)说：“一个月来，就想给你写信，为贵公子向你表示深切的情意。你不会相信，我觉得他可爱，聪明，好脾气，明事理，很风趣，总之，用目前流行的说法，讨人喜欢！尽管年岁相差很大，我把他视为朋友，他使我想起可怜的阿尔弗雷德（Alfred le Poitevin，Laure之兄）！尤其他低头朗诵诗篇时，有时像得令人吃惊。我对一切，特别对激进文学，深恶痛绝。尽管如此，你还应鼓励贵公子对诗歌的兴趣，因为这是高尚的旨趣，文学能安慰人生失意。况且说不定他真有才；谁说得准呢？他到目前写得还不多，尚不能预卜他写诗的前途。

谨就所示各篇，成绩远在帕纳斯派诗人之上……他倒不妨先写一篇长作品……随着时间推移，会形成自己的特色，形成自己的观察方式和感受方式（一切全系于此）。”

莫泊桑遵嘱练笔之余，出入文学界，结交都德、龚固尔、屠格涅夫等作家。左拉在巴黎郊区梅塘有一乡间别墅；1877年，莫泊桑加入梅塘集团。左拉提议身边的自然主义派作家，各以普法战争为题写一短篇。这就是1880年出版的《梅塘之夜》（*Les Soirées de Médan*），收艾尼克、于斯曼、雅雷克斯等六人的作品，左拉一篇名《磨坊之役》，莫泊桑写了“一篇长作品”《羊脂球》（*Boule de suif*），公认为最佳。故事记述一辆载十位旅客的驿车，从德占区鲁昂，驱往港口城市迪耶普，途经一小镇，普鲁士军官对座中妓女有非分之求。羊脂球认为屈身可耻，拒不答应；不答应，车就不能走。同车人婉转相劝，连修女也附和，说行为本身理应受谴责，但只要意图纯真，就值得称颂云云。等羊脂球“献身”回来，最后一个上车，众人对她冷若冰霜。情见乎辞，寓褒贬于言说之间，寄嘲讽于叙述之中。

因《羊脂球》，莫泊桑一夜成名；在成功的激励之下，从写诗转向写小说，勤奋著述，一早七点到十二点，以每天五时六页的速度，在最初三四年间写出其最重要作品。笔耕十载（1880—1891），得短篇三百，长篇六部，造成后世之名。后期他对文学感兴趣，是可得丰厚稿酬，而对女人更感兴趣，生活放浪，染疾而亡，只得年四十三岁。

柳兄在莫泊桑选集的《译者前言》里，对作家的生平和创作，有简要而精辟的剖析。指出：“莫泊桑在自己的短篇里，总是满足于叙述故事，呈现图景，刻画性格，而很少对生活进行深入的思考，很少通过形象描绘去追求作品丰富的思想性，而且，他也并不是一个以思想见长的作家。”“在现实生活里，他是一个思想境界并不高的公务员。”颇像其长篇小说的题目《漂亮朋友》，而且他把自己大型游艇也命名为“漂亮朋友”！庄子曰：“且夫水之积也不厚，则其负大舟也无力。”喻必厚积方能致远。然莫泊桑的写作成就，高于中篇高手梅里美和同时代的都德，在世界文坛上被誉为“短篇小说之王”！何以故？

莫泊桑是位幸运的作家。首先，他具有很高的写作天分，写来得心应手，斐然成章。刘勰说：才为盟主，学为辅佐；文章由学，能在天资。用笔构思，全凭天分，所谓三分人事七分天。兴会超妙，自成一家。鲁迅指出：那有仗着“天才”，一挥而就的作品，倘有影响，则幸也。

其次，在试笔阶段，又有幸得到名师指点，得其要旨。福楼拜嘱告他，要仔细观察一棵树，直到发现这棵树与众不同的特点，然后找出表达此树特色的恰当字眼，追求“一个字适得其所的力量”，能写出与众不同的特点，才成其为与众不同的作家！

普法战后，复员归来，莫泊桑在巴黎海军部任职多年，延挨“办公室苦役犯”（forçat du bureau）的日子。根据亲身感受与观察所得，有意写写身边故事，抒说“小人物的大烦恼”（grandes misères des petites gens），表现庸常生活中可悲的一面，予作品以一定的深度。其中最出色的是《项链》：一串假首饰造成公务员夫妇一生的苦难，说尽小职员生涯的困厄与无奈。作品开头就女主人的遭际，莫泊桑发了一通感慨：“女人原本就没有什么一定的阶层与身份，她们的美貌，风韵和魅力，就是她们的出身和门第。”（les femmes n'ont point de caste ni de race, leur beauté, leur grâce et leur charme leur servant de naissance et de famille.）散见于莫泊桑小说里的名言金句，也提高了作品的品位。附带提一笔，《项链》，早在1914年就有鸳鸯蝴蝶派文人译撰为《巴黎女子》；1924年，鲁迅《苦闷的象征》出书，后附请他学生常惠根据法文翻译的最早白话译本。

无论短篇长篇，莫泊桑写的都是现实题材，反映第二帝国时期社会生活。触物兴怀，缘事而发，有不少讽世之作。所写一个个活生生的人物，形象的客观意义，往往超出作者的主观意图，显得甚有内涵，此更是莫泊桑意外之幸。

柳译莫泊桑作品选，卷首第一篇为《月光》。考《月光》（1882/10/19），并非莫泊桑第一个短篇，但在其全部短篇里排名当属第一。莫泊桑早年写诗，但小说家并未扼杀诗人。这是莫泊桑最有诗意的一篇小说。译者指出："在这个短篇里，莫泊桑几乎显示了一种诗人的气质，虽然人们往往并不把'诗意'和莫泊桑联系在一起。"所以，翻译《月光》，要用心传递原文里诗的品质，力避减损。

例一：Dieu, à son avis, n'avait créé la femme que pour tenter l'homme et l'éprouver. Il ne fallait approcher d'elle qu'avec des précautions défensives, et les craintes qu'on a des pièges. Elle était, en effet, toute pareille à un piège avec ses bras tendus et ses lèvres ouvertes vers l'homme.

英译：According to his belief, God has created woman for the sole purpose of tempting and testing man. One must not approach her without defensive precautions and fear of possible snares. She was, indeed, just like a snare, with her lips open and her arms stretched out to man.

赵少侯译：照他的看法，天主创造女人仅仅是为了诱惑男人，考验男人。跟她们接近的时候必须抱着防御性的谨慎态度和身临陷阱的警惕心情。她们向男人伸着胳膊，张着嘴唇的时候，确实就跟一个陷阱完全一样。

柳鸣九译：在他看来，天主把女人创造出来，仅仅是为了逗引男人、考验男人。跟女人接近的时候，就该小心谨慎，多加戒备，提防落入陷阱。实际上，女人朝男人玉臂张开、朱唇微启之际，岂不就是一个陷阱？

手头正好有一本赵少侯译的《莫泊桑短篇小说选》。赵少侯（1899—1978），早年在山东大学任教，解放后入人民文学出版社，系资深编辑。译著颇丰，有Vercors的《海的沉默》，莫里哀的《伪君子》《悭吝人》《恨世者》，以及《法朗士短篇小说集》等。这本赵少侯译作，虽是2002年人文版，译出时间当在“文革”前。那时习常翻译观念，奉原文为圭臬，译者依从原著，译文尽量贴近原文，侧重于文字的转换，起到“舌人”“渡者”的作用。在前期莫泊桑译者中，赵译可谓佼佼者。他把avec des précautions défensives, et les craintes qu'on a des pièges，译作：“抱着防御性的谨慎态度和身临陷阱的警惕心情”，把avec ses bras tendus et ses lèvres ouvertes vers l'homme，译作：“向男人伸着胳膊，张着嘴唇的时候”，基本上是字典意义的照搬。而柳译：“小心谨慎，多加戒备，提防落入陷阱”和“朝男人玉臂张开、朱唇微启之际”，译文要灵活、高明得多。

例二：Des rossignols lointains mêlaient leur musique égrenée qui fait rêver sans faire penser, leur musique légère et vibrante, faite pour les baisers, à la séduction du clair de lune.

英译：Distant nightingales shook out their scattered notes – their light, vibrant music that sets one dreaming, without thinking, a music made for kisses, for the seduction of moonlight.

赵译：远处的夜莺把它们那种使人耽于梦幻而不促使人深思的婉转歌声，为配合接吻而发出的轻盈而颤抖的歌声混杂在月光的迷人的魅力之中。

柳译：远处，夜莺在不断地歌唱，引人入梦而扰人思索，那轻柔的歌声是专为爱情而发的，更增添了月光撩人的魅力。

赵译照原文结构译来，亦步亦趋，字当句对。与俯首帖耳的译法不同，柳译行文洒脱，表露一定的译者主体性；柳兄在学术研究方面，一向显示极强的自主性，从事译述并不马上降身为译奴。其遣词造句，不斤斤于字面形式的转换，而注重文化内涵的传绎。试比较前面一句：

“远处的夜莺把它们那种使人耽于梦幻而不促使人深思的婉转歌声”，与“远处，夜莺在不断地歌唱，引人入梦而扰人思索”，外文句法与中文表达自是不同。庄子曰：言者所以在意，得意而忘言。佛教读经也嘱告：“依义莫依语”。移用于翻译，都可予人启发。

例三：Pourquoi Dieu avait – il fait cela puisque la nuit est destinée au sommeil, à l’inconscience, au repos, à l’oubli de tout , pourquoi la rendre plus charmante que le jour….

英译：Why did God make this? Since the night is destined for sleep, unconsciousness, repose, forgetfulness of everything, why make it more charming than day….

赵译：天主为什么这样做？既然黑夜是为了睡眠，为了无思无虑，为了休息，为了忘掉一切而造的。那么为什么要把它造得比白昼更可爱？

柳译：天主为什么要创造出眼前的良宵美景？既然夜晚是为了睡眠，为了无思无虑，为了松弛休息，为了浑然忘忧，那么，为什么要使得它比白天更富有诱惑力？

比较两译，后译文采胜之。外文fait cela / make this ，中文“这样做”；原文是用ceci cela /this that，还习惯，中文里“这个那个”就不雅。照直译来，“这样做”，最简易；如何化俗为雅，就很有讲究。此句前面几段，长老沿着曲折的小河，成排的杨树，走到空旷处，见一片白色的轻雾，给周围镀上了一层银辉，面对胜景，不禁感叹道：Pourquoi Dieu avait – il fait cela.天主为什么要创造出cela/“这个”。国人的审美期待，不以 cela /“这个”为满足，有待译者“补笔”。本雅明谓：原著在先，译作在后；凭后知之明，达作品意图（Intentio），把cela译作“这个”，可谓能言其言，未可谓能感（主人公之）所感。这位神父感到的是什么？“眼前的良宵美景”！一百多年前，严复就说过，“谨合原文与否，所不论也”，重在转达思想内涵、文化意味。柳译精彩处，在于能师其意而造其语，见出一种“化”的努力。

《克利斯朵夫》里面的一句：La misère, le mauvais air et tout ce qui accompagne l’indigence... 傅雷译作：“生活的艰辛，空气的恶劣，和伴随贫穷而俱来的（所有这一切→）苦处……”中文不喜欢虚泛之词，往往改成实词；不多用人称代词，他 她 它（三字发音一样，英语he、she、it尚有分别）而代之以名词名称。

同例，《红与黑》里，于连得知本堂神甫给他谋了个好差事，Son imagination était tout entière à se figurer ce qu’il verrait dans la belle maison de M. de Rénal. 据较流行的一个本子，译作：“一心揣想着瑞那先生漂亮的府第会（看到什么→）何等纷华盛丽。”

故字字按原文直译，恐非万全之策。

例四：Et il se dit：“Dieu peut – être a fait ces nuits – là pour voiler d’idéal les amours des hommes”… Et Dieu ne permet-il point l'amour, puisqu’il l'entoure visiblement d'une splendeur pareille?

英译：And he said unto himself:“Perhaps God has made such nights as these to idealize the love of men”…. And does not God permit love, since He surrounds it with such visible splendor?

赵译：他默默思道：“上帝造这些夜也许就是为了把人间的爱情掩护在理想的意境里”……天主既然明显地用了这样的光辉围绕爱情，难道不允许有爱情吗？

柳译：于是，他这样想：“也许，天主创造这样的夜晚，就是为了给人间的爱情披上理想的面纱”……既然天主明显地用了如此美好的光辉烘托爱情，难道会不允许男女相爱？

歌德对翻译要求有二：译笔忠实，语言优美。上列二译，各做到一点。赵译“把人间的爱情掩护在理想的意境里”，信而不美。柳译“用如此美好的光辉烘托爱情”，亦有美而不信（加字）之嫌；其实，译文里加字减字亦寻常事，视是否需要而定。老子二千五百年前提出“信言不美，美言不信”，一直是不易解决的两难问题。

通过译文比较，可看出二译之不同。赵译，根据原文，译其文字；柳译，领悟文本，译其文学。赵译，“隐身”在原著之后；柳译，则往往“现身”说法。“隐身”是隐去译者自身，“现身”是现学有所成的研究型译家。柳公涉足翻译莫泊桑，已非初出茅庐的译人，俨然是在外文学界有影响的著作家，有自己的行文习惯，相当的文字功力。虽译述他人作品，也透露出译者的身份意识。尤其柳公著述等身，不会有很多时间去研究翻译之道。把“cela/这个”，译作“眼前的良宵美景”，乃译之为术，在人自悟。感悟所得，最可宝贵。徐渭谓：“临摹《兰亭》本者多矣，然时时露己笔意者，始称高手。”

阅者或谓：柳译固然有不少优点，但将原文细读之下，发现译者有时将自己的心得体会也译出，加词减量，调整色调，与一般的译法的确有异。对此，不妨按美籍比利时学者勒菲弗尔（André Lefevere）的观点，答曰：翻译（translation）总是对原作的一种改写或重写（rewriting）。那么，不妨称之为创译（transcreation），亦无不可。

译莫泊桑小说感言之一

——“化境”说与“添油加醋”

文/柳鸣九

夜，已经十一半点了，我和新璋先生还在通过电话商谈“译道化境论坛”的发言。夜，安寂而宁静，正堪作畅想与深思。

开始从色调色彩讲起。似乎一谈风光描写、景物状况，无不从这里开始。我没有向老同学隐藏自己的“业务秘密”，承认我在翻译中，色调的轻重、浓淡，有时常由我做主，我总要做点自己的手脚，我把这俗称为译事中的“添油加醋”。这个意念一引发，我不禁又有了新的思绪：“这不又是一个颇有理论性的问题吗，如再加以开拓，加以深化，不正好是‘化境’说之羽翼吗？”此说又有了具体的补充。应该承认，我们现在还只是确认“化境”说是翻译的良方、高深的理论，但还留下不少的理论空洞，还大大缺乏化境的翻译实践。比如说，进入化境的大道、通途、小路、幽径、辟路究竟有多少，化境还有哪些具体的分寸、规范、尺度等等这些问题，还比较空泛，祖师爷们还没来得及作答，创造性的探索永远也不是多余的，还不能靠在钱锺书、傅雷身上打瞌睡。

还是让我们回到以“添油加醋”为例上，在我看来翻译中的“添油加醋”，绝不应该是随心所欲，为所欲为，这里有尺度，如果胆大妄为，为所欲为，译本便与胡编乱造无异，送到严肃的译案上，恐怕谁都认为是要打屁股的。很抱歉，我把一个庸俗的烹调俗语引入与新璋先生的学术阐述中，新璋先生以追求古雅的、精雕细琢的语言而著称，其执着与热情实不下于当年他对慧勤嫂夫人的执着与热情……正经话题下，调侃、玩笑话无地自容……“还是回到我们的羊群上来吧！”（原文为revenons à nos moutons，出自法国十六世纪作家拉伯雷的《巨人传》），赵译为：“还是回到我们的羊群上来吧！” 柳译为：“还是谈我们自己的生意吧！”不言而喻，我说的添油加醋，绝不是在烹调中大剂量地放进“别的异物，别的东西”，只是小剂量的调料而已，说是小剂量，但尺寸、分寸还是要特别讲究的，如何讲究呢，以我所译的《月色》而言，我的理解是这样的：首先要把全篇的精神拿准，拿准了全篇的精神，才能决定添油加醋的轻重、力度、分寸与手法。我们知道，一个作家写一篇东西，都有一个具体的执着的意图与目的，莫泊桑写《月色》的目的显然与《羊脂球》《项链》不同，他在这里既不是想表现爱国主义，也不是为小市民妇女爱慕虚荣的心理深深地叹一口气。在我看来很简单，他就是为了留下一篇写《月色》美景的绝品，面对着这样一篇以细致的现实主义笔法写出来的，以柔和色彩烘托出来的夜的美景，是千万不能妄自添加大分量的调料与浓墨重彩的。如果莫泊桑是一个浪漫主义作家，如果《月色》这个作品是浪漫色彩浓重的作品，你要添油加醋，胆子大一点是无关紧要的，手重一点、幅度大一点，添油加醋的力度过一点都不伤大雅，在《月色》中，作者把月夜描写得那么美，他那么看重这个月夜，甚至将“天人合一”足以解决人间纠葛和矛盾的美感力量也赋予给它，使它诗意地解决人间的纠葛与矛盾。因此。我译的时候，实在不忍心把眼前充满魅力的月夜以普通平庸的词汇来加以表述，即使作者本人选用了最不起眼的词汇、最平淡的语句写出来的，而尽可能在每一处译文中按我可能有的优美语言来译述。况且，我认为莫泊桑自己也被如此的美景所感动，以至他是在明显以自己的笔力挑战实际夜景的美，以留下一篇真实的夜景绝作，“欲与天公试比高”，与天地间的一幅实际月景分庭抗礼，那我还怕什么？我还怕什么可能飞来的种种帽子：“违反原著”“篡改原意”“胡编乱造”之类的指责与含沙射影呢？作为莫泊桑的译者，我本就应该有促行其愿、玉成其事的“天职”，“与其美得不足，不如美得有点过分。”当然，译述辩证法谁都不是懵然无知，还不至于糊涂得不懂“物极必反”。何况，我生平就厌弃夸张、强化、炫耀的风格。正是带着以上这些理念，这样译下来，多多少少有点信心认为，这篇译文似乎还没有给莫泊桑写自然美景的这篇杰作掉分！……

译莫泊桑小说感言之二
——“化境”说与粉饰

文/柳鸣九

在文学中，还有一种特别的情况，即由于这种或那种原因，作者的描述也可能有失误、矛盾、不合理、用词不当、描述条理不清晰的时候，原因不难理解，作家也是人，生活在现实社会中的作家，不可能不碰到经济、政治、社会公共关系、朋友交往、身体状况以及恋爱婚姻等难题、困顿、不适、不愉快、痛苦、忧郁等个人状态，不能不对写作生活有所作用和干扰，他们虽然是天才惊人的“上帝选民”，在现实生活中也难免不有顾此失彼，多虑分心，“智者千虑，必有一失”的瞬间，而在作品中留下了瑕疵、毛病、缺点、失误、残缺或重复……

对此，怎么办？情况是复杂的，说法是多样的：一、肯定是译者译错了；二、一定是不同的版本文本不尽相同；三、排印错误，等等，在各种各样的说词中，作者本人的嫌疑相对比较小，他是写书人，他怎么会把自己的书写错呢，而在这些说辞中，译者的嫌疑相对比较大，译书需要经过那么多的技艺流程，涉及那么多的知识、那么丰富的词汇量，作品的头绪那么纷繁复杂，每一步都有坑洞等你踩进去，何况，译界还有那么多流派，公说公有理，婆说婆有理，那么多是非曲直谁能分得清？

还是让他们自己说清楚责任在谁吧，于是，译师经常成为背黑锅的角色，遇此情况，译师怎么做那就要看他的信仰了，如果他信“直译说”或者“硬译说”，或者头上沾过愚忠的圣水，那么，他只能靠上帝去保护了。法国人中这种迂人相对比较少，上帝可以少费力气，费加罗、吉尔·布拉斯、雅克都这么善于维护自我，要上帝帮忙干什么？如果是费加罗式的译师，碰上了这种情况，他祈求上帝的那两个祷词还没出口，恐怕就已经擅自把译文按他自己的口味改好了，他对这盘菜的加工恐怕就不是一般的“添油加醋”了，是的，我对这种费加罗性格很欣赏，我赞成他这么做，他从一个“添油加醋”派变成了一个改译派，这是一个启发，一种态度，一种行为。这是把水搅浑，还是弥补艺术？是亡羊补牢的善举，还是违反译道译德的恶行？见仁见智，因人而异。如果是创作型的人，追求完美者，要他们宽容善待，似乎并非不可；如果评论者、鉴定者是各种类型的“红衣主教”，批评、谴责、追查原罪、就在所难免了。

在莫泊桑的小说中，就有这样一篇作品，而且，偏偏是他的重点之作《月色》，《月色》几乎是他倾注了全部描绘才能的一部力作，他在描写这个月夜的魅力与优美上可以说是不遗余力，其中的一段可以说是他描述中的重点之重点，其原文如下：

例：Des rossignols lointains mêlaient leur musique égrenée qui fait rêver sans faire penser, leur musique légère et vibrante, faite pour les baisers, à la séduction du clair de lune.

英译：Distant nightingales shook out their scattered notes – their light, vibrant music that sets one dreaming, without thinking, a music made for kisses, for the seduction of moonlight.

特别是这样一段，可说是他的倾心倾力之作，如果我感觉没有错的话，他在这一段不仅想描写出月夜的美，而且想描写出他内心的感受，在我看来，这一段描写颇有仿贝多芬田园交响乐第二乐章主旋律之嫌，在美轮美奂的月色下，他不仅要描绘出梦幻般美的月景，而且要交响着夜林中的万籁之声，颇像贝多芬笔下树林中小鸟的歌声与流水淙淙的交织，但是如果把这两段比较起来，那么莫泊桑是要逊色于贝多芬的，他展示出大自然的美、条理与层次显然不如贝多芬清晰，两个发音物体的声响、攸关与融合的程度，以及大自然的这些声音的交响与倾听者的感受心情打成一片、融为一体，也不如贝多芬那样水乳交融，浑然一体。对此，作为一个读者与听众，我们会为莫泊桑感到惋惜。那么，我作为一个译者，又会持何态度呢？这里我讲不出什么高深的艺术哲学动因；这里我也找不出我心里的深刻根由，反正我没有完全顾原文，而按我的理解和感受，对莫泊桑的文本进行了有迹可见的调整，甚至进行了音响起伏关系的重组，我译成这样：远处，夜莺在不断地歌唱，引人入梦而扰人思索，那轻柔而微颤的歌声是专为爱情而发的，更增添了月光撩人的魅力。

坦率说，这段译文显然不属于“直译”“硬译”的品牌，很可能经不起与原文字对字的核对，但却没有违反莫泊桑求美求精的创作意图，没有把硬译风格带进译文，多多少少使译文具有悦读性，我自以为是在“化”，把莫泊桑的意图与努力“化”为像样的中文文本。这个例子，在我看来，似乎可以跻身于“化”之列，不失为译道化境上的一员后备兵。傅雷大师的传人罗新璋先生作评曰：通过译文比较，可看出二译之不同。赵译，根据原文，译其文字；柳译，领悟文本，译其文学。赵译，“隐身”在原著之后；柳译，则往往“现身”说法。“隐身”是隐去译者自身，“现身”是现学有所成的研究型译家。柳公涉足翻译莫泊桑，已非初出茅庐的译人，俨然是在外文学界有影响的著作家，有自己的行文习惯，相当的文字功力。虽译述他人作品，也透露出译者的身份意识。但对于罗大译家这一段评述，不知高明的读者是否首肯认可？

译莫泊桑小说感言之三
——“化境”说与一字用到其所的力量

文/柳鸣九

我在前一篇感言中，谈“添油加醋”问题的时候讲过，化境的“添油加醋”并非随心所欲，任意妄为，而要有一定的依据，如何“添油加醋”，用什么力度，或添或减，用什么表述方法达到化境，用什么词汇体现出、完成到什么程度，都需要大加讲究，要知道，到了严肃的译案前，添油加醋或略有不足，或稍有过头过分，或过淡过弱，都是不难与原作品的文本对照出来的，都可以沦为译的失真失信，成为无功而返的“化”，成为缺腿的“化”，两者都是失败的，较为严重的很容易被谴责为凭空想象、胡编乱造。因此，在一般的情况下，“化”得不当，其罪名比“译”得不信似乎更大，“化”字失误比“译”字不信名声更臭，“化”字被人视为畏途是不在话下的，而对于喜欢挥舞棍棒的人来说，要击中“化”者的伤口，也要比戳中译者的缺点容易得多，对“化”者，声色俱厉，义正词严，严加指责，或用两句不冷不热的话，含沙射影把对方撂倒也要容易一些。我自己在阅读方面，比较重视的是对语意文意的透彻理解，但如何更透彻地了解语意后的深层意味与语意后未见现身的事态、行为与表情，那就要更多地投入自己的智性了，总要运用自己的推理、补充与解释，甚至是想象，而这些东西一旦在脑海里现形，很难驱逐得无影无踪，有时又偷偷地露头；有时又像聊斋女鬼那样不经意现形，最怕的是脱胎变骨、改貌变形，这样也就比较容易地在“化”中失手或闪脚，至少与“化而不当”划不清界限。因此，我也许比更多的人视化境为畏途。何况，我还有天生的缺陷：粗心大意，粗疏成性，而偏偏又倾向于大而化之的马虎，我就知道，我路上的潜在危险可能会比较多。因此，索性来个一了百了，这是我相当长的一个时间较少搞翻译而多到别的场地操练的原因。与此同时，我又告诫自己，小心翼翼，而在搞翻译的时候，只要一入化境，就要如履薄冰，在“译”与“化”两个用心上，我花的时间往往比前者来得多。

这里，我不妨讲一讲，为了挤进化境，而在一个字上大费力气的事情：莫泊桑小说中，有一个名篇，原文题为：*Un normand*，如果查字典的话，这个字的本意就是“诺曼底人”。诺曼底这个地方赫赫有名，就是第二次世界大战中，盟军登陆开辟第二战场，由此击溃法西斯全部军事力量，最后取得二战彻底胜利的那个半岛，它深埋在大西洋中，居民靠务农与打渔为生，除此以外，他们还兼做其他一些小买卖，甚至还有从事毒品生意的，整个半岛延伸在大西洋中，地区偏僻，环境蛮荒，民俗粗野落后，民风彪悍，打斗仇杀，屡见不鲜，习以为常，嗜酒贪杯，为其岛风，滑稽可笑，脸皮厚，好吹牛，是常见的习性，嘻嘻哈哈，凡事皆无所谓，唯贪杯为其首乐，他们无事不乐观，是天生的乐天派，小说中没有不平凡的故事，更谈不上深刻的哲理与世道教训，甚至连像样的故事情节也没有，只有马帝厄出了几次场，发了几次妙论，幽默风趣，惹得人们忍俊不禁，揶揄调侃，引得观众开心大笑。莫泊桑拿这么一个小人物当主人公，细描磨写，仅仅为了小小地开这么一次心？不见得，这个目的似乎小了一点，也不像莫泊桑这样花了不少精力写了一大批诺曼底地区小人物创作规模所能有的创作动力，我们知道，诺曼底是莫泊桑的故乡，他对自己的故乡感情很深，他对诺曼底人有深挚的关爱，他几乎把各种各样的诺曼底人都写全了，他笔下的诺曼底人虽然野蛮、粗鲁、酗酒、脸皮厚、不卫生、狡猾，甚至撒谎成性，但是所有这一切都掩盖不了他们身上纯朴的底色：朴素、爽直、坦率，甚至是天真幼稚，如果他的诺曼底系列写作目的，是要为这个地区的特殊人群留下心灵与性格的写生，以及历史身影的话，他要这样做是非常值得的，也是很应该的，是作为得当的，他既要写出人群的众生像，也要写出这一个独特的面目与个性，诺曼底人（*Un normand*）这个篇名显然是最恰当不过的，但是由于这是一个特殊的诺曼底人，不仅是农民，是渔民，是老乡，而且是一个狡猾的泥腿子，是一个有点农村二流子味道的调皮佬，是一个老练的兵油子，他俨然就是主人公，把他译称为“一个诺曼底人”，是否有点不够味？是否色彩太单调了？是的！味道太平淡了。对，换一个字吧！“一个诺曼底佬”。我记得小时候，常把比较复杂的人、心计多端的人称为“佬”……湖北佬……上海佬……“佬”，一个用到其所的字，也许正就是它！

最后，我选择了“佬”。

《译道化境论坛纪念文集》编后记

2017年11月12日，果麦“译道化境论坛”，经由我国外国文学研究领域权威学者、文学批评界素以有学术胆识著称的理论家柳鸣九先生发起，在京举行。发起者的多卷本专著《法国文学史》早已深得好评。他见闻广博、学识丰富的文化随笔、美文鉴赏，一部部为当代中外文坛名家画像素描的专题人物散文集，都已获良誉口碑，同时他也是一位著名的翻译家，译有多部世界文学名著，几乎都广行于市，论坛由这样一位重量级学术文化人物发动，引起了格外强烈的反响，桂裕芳、罗新璋、金志平、夏玟、黄燎宇、方华文、曾思艺、郭宏安等国内近四十位业绩丰硕的资深翻译名家；近二十位科班学力丰厚、知识结构新锐；来自国内各著名高等院校的新一代名家教授、学术精英、译林高手，聚集于中国大饭店，举行了“译道化境论坛”。高朋满座，精英汇集，畅谈文学翻译与译道化境之妙。

这便是这本《译道化境论坛纪念文集》的来由，我们称之为白皮书，完全是因为它是带有学术纪念性质的，是存放资料的行为，“化境”说的版权属于钱锺书，他是此论的发明者：

“文学翻译的最高标准是‘化’。把作品从一国文字转变成另一国文字，既能不因语文习惯的差异而露出生硬牵强的痕迹，又能完全保存原有的风格，那就算得入于‘化境’。译本对原作应该忠实得以至于读起来不像译本，因为作品在原文里决不会读起来像经过翻译似的。”

这就是“化境”说。“化境”说简单明了，令人信服，具有一呼百应的号召力，其影响远远超出文学翻译的范围，赢得了各路翻译人士的认同和青睐，几乎被整个译界奉为圭臬。

但由于它是初创，它还甚不完整，它还只是一个理论框架，是一个理想的目的，即使是我们自己，我们也很难知道我们还有多大的面积、有多少条道路需要开拓延伸，有多少标尺需要我们设置，有多少理论细部、观点需要细化，有多少阐释需要补充，更为重要的是，有多少实践需要补充，需要探讨，需要积累，而文学翻译作为一种社会事业，积累经验的路途几乎可以说是永无止境的。因此，我们举起这面旗帜，还只刚刚跨出了第一步，事业是伟大的。

作为第一步，我们做得怎么样呢？实事求是地说，我们没法不对自己表示基本的满意：

一次论坛带来了共30篇论说与评论，篇篇都卓有见识，各提供了有益的翻译理念，都奉献了自己对翻译理念的独特心得，有深度的理论挖掘、有独特视角的理论阐释，这对于中国的文学翻译学来说，是一次大的思想闪光，也未尝不是新中国成立以来文学翻译事业成就的一次展示，译述业绩的一次展示。一次为时不长的论坛，使我们收获了如此丰富的“果麦”，我们没法不表示对自己的满意，这在半个世纪以来的重大学术会议上并不多见。

“化境”说，对中国的文化读者来说，可以说是相当生疏的，即使对有成熟文化品位品格的读者甚至也是如此，我们这次论坛可以说对中国文艺美学这方面精神遗产进行了一番梳理，特别是对这开创性钱氏“化境”说这份精神遗产进行了一番梳理、一番分析与阐释的工作，在这方面，我在北大多年的老同学，在外国文学研究所多年的老同事罗新璋作出了特别的贡献，他衔接了钱氏“化境”说与中国传统译学理论的承续关系，他对中国批评史下了一番苦功夫。显而易见，他硬啃了中国知识分子精华，才去硬啃的钱锺书那些“知乎者也”，从他为论坛所提供的主旨报告来看，不难想见，他在苦读钱锺书的《谈艺录》《管锥编》的艰深文字时，他肯定是在摇头晃脑，流连忘返，沉醉其中，因而从他自己的文字，他自己的主旨报告中，也看得出他对钱氏学术语言的迷醉与仿效，在这一点上，请听者要有一个思想准备：“听不懂”，或者“听不太懂”，请大家看他对钱锺书这份遗产的钟爱分上而原谅他吧！当然，毋庸讳言，钱锺书尖锐的语言风格，貌似亲切和善，而暗含讥讽的揶揄习惯，对罗君的潜移默化也不在话下……

要做出一件像样的事，就要有一批像样的人，要做化境论坛这样一件既需要艰深学历也需要一批人合作，大众一心，才能做出来。在此内容复杂，劳动量繁重的项目中，难免磕磕碰碰，交谈不顺，但“一切为工作”，“一切为大局”，所有一切都过去了。总算，得果麦热情的感染，有果麦齐心合力、通力合作精神的启励，我们总算把化境论坛办起来了，总算眼前有了这一本白色封面的纪念文集，我们每个人都为这件事奉献了、付出了、互让了、磨合了。最后，我发现我们这批人原来都像创“化境”说的那个老头一样，都穿中山装。

这是典型的“中国制造”。

柳鸣九、罗新璋执笔完稿于2017年12月5日上午八点半

（朱穆先生在约稿组稿以及通讯工作中出力甚多，深表感谢。）

附录：本文集书面撰稿者简介

1. 柳鸣九：著名学者，北京大学西语系毕业，长期供职于中国社会科学院文学研究所与外国文学研究所，在法国文学史研究、理论批评、散文随笔、名著翻译、研究生培养以及在大型丛书编纂方面，均有令人瞩目的建树，有著作等身之誉，其论著与翻译的主要成果，已汇集为《柳鸣九文集》（15卷），其中论著十二卷，翻译三卷。研究员、教授，中国法国文学研究会会长、名誉会长，2000年被法国巴黎大学正式选定为博士论文专题对象。2006年获中国社会科学院“终身荣誉学部委员”称号。

2. 罗新璋：中国社会科学院外国文学研究所研究员、教授，著名翻译家、翻译理论家，被誉为“傅雷传人”。

3. 高中甫：1933年出生于山东蓬莱，1957年考入北京大学西语系，1978年入中国社会科学院外国文学研究所，著名翻译家，德国文学研究家，中国社会科学院外国文学研究所研究员。

4. 施康强：著名翻译家、散文家、学者，中央编译局编审（退休），法国文学研究会（前）理事。

5. 夏玟：著名翻译家、出版家、理论家，人民文学出版社编审，法国文学研究会（前）理事。

6. 许钧：南京大学教授、博导，南京大学研究生院院长，著名的翻译理论家、法国文学翻译家，教育部长江学者特聘教授、国务院学位委员会外国语言文学学科评议组召集人、中国翻译协会常务副会长。

7. 郭宏安：著名翻译家、作家，中国社会科学院学部委员、研究员，法国文学研究会（前）理事。2012年傅雷翻译出版奖获得者。

8. 方华文：1955年6月生于西安，现任苏州大学外国语学院英语教授，著名文学翻译家及翻译理论家，被联合国教科文组织国际译联誉为“中国当代最多产的文学翻译家”。

9. 倪培耕：1937年生，毕业于北京大学东语系，在印度德里大学任访问学者两年。著名翻译家，现任中国社会科学院世界文明比较研究中心副主任。

10. 金志平：著名翻译家，中国社会科学院《世界文学》前主编、编审；法国文学研究会理事（前）秘书长（第二届）。

11. 曾思艺：1962年12月生于湖南，天津师范大学文学院教授、博士生导师，著名翻译家，中国外国文学教学研究会理事。

12. 黄燎宇：1965年出生于四川自贡，北京大学外国语学院德语系教授，北京大学德国研究中心主任，中国德语文学研究会副会长。

13. 车琳：北京外国语大学法语系主任，教授、博士生导师；全国高校法语教学研究会副会长；法国文学研究会理事。

14. 段映虹：北京大学法语系教授；北京大学法国文化研究中心主任；留学巴黎第四大学法国文学与比较文学系，法国文学研究会理事；国际尤瑟纳尔研究会理事。

15. 涂卫群：普鲁斯特研究者，中国社会科学院外国文学研究所研究员，法国波尔多政治科学学院访问教授，法国文学研究会理事。2015年秋应邀赴法国波尔多政治科学学院讲授《中国文化导论》课程。

16. 刘晖：青年学者；中国社会科学院外国文学研究所东南欧拉美文学研究室主任，研究员；曾在法国高等社会科学院从事博士后研究；法国文学研究会秘书长。

17. 徐蕾：1972年5月出生，北京外国语大学西班牙语翻译学博士。现为北京外国语大学西葡语系副教授。

18. 杨玲：中国社会科学院研究生院博士，中国西葡拉美文学研究会理事，副教授，硕士研究生导师，研究方向为西班牙语文学。目前任教于首都师范大学外国语学院西班牙语系。

19. 魏然：1981年出生于北京，本科毕业于北京大学西班牙语系，博士毕业于北京大学中文系。现供职于中国社会科学院拉丁美洲研究所。从事拉丁美洲文学、大众文化、拉美思想史研究。

20. 许金龙：著名翻译家，教授，中国社会科学院外国文学研究所研究员，中国作家协会会员。1987年毕业于武汉大学，师从日语翻译大师叶渭渠。

21. 薛庆国：北京外国语大学阿拉伯学院教授、博士生导师，中国阿拉伯文学研究会副会长，中国中东学会常务理事。

22. 林丰民：博士，1968年出生于福建。1990年毕业于北京大学东方语言文学系阿拉伯语专业。1999年获得北京大学文学博士学位。现任北京大学外国语学院阿拉伯语系主任，教授、博士生导师，北京大学阿曼卡布斯国王讲席项目研究教授，教育部人文社会科学重点研究基地北京大学东方文学研究中心副主任，北京大学中东研究中心副主任，北京大学非洲研究中心副主任，中国阿拉伯文学研究会副会长。

23. 江胜信：《文汇报》首席记者，《文汇报》驻京办事处副主任。

24. 舒荪乐：1985年出生，北京外国语大学文学博士在读，现供职于中国社会科学院外国文学研究所，主要从事匈牙利文学研究。

25. 张玲：中国社会科学院外国文学研究所《文艺理论译丛》编审。国际哈代学会北美分会副主席，伦敦狄更斯博物馆中文顾问。1936年出生于北京。1958年毕业于北京大学中文系。1988年曾赴英、加、美等国及香港讲学，曾获优秀编辑奖2次，享受政府特殊津贴。1990年加入中国作家协会。

- 外国文学名著名译化境文库 -